De groeten aan Truman Capote

Jaap Harten
De groeten aan Truman Capote

Verhalen

Amsterdam

Em. Querido's Uitgeverij B.V.

1977

ISBN 90 214 1305 1

Night birds and night women
spread out their sounds through the gardens.

EZRA POUND

voor Oskar

Inhoud

De groeten aan Truman Capote, 25 jaar na 'Other voices, other rooms'

Om eerlijk te zijn: de twee belangrijkste attributen van Coca-Cola-Coba waren een vliegenmepper en de gerafelde zwartkanten waaier, die haar vader voor haar gekocht had in New Orleans, misschien wel vijfentwintig jaar geleden. Ook toen moet ze al een lelijke vrouw geweest zijn, een haaiebaai met een wrat op haar neus, die nog nooit een lik poeder geproefd had.

Maar ze was een invloedrijke vrouw in Moon City, die vanachter de tapkast van haar Hot Dog Saloon (de enige bar in het dorp) dat handjevol inwoners, onder wie veel boeren en plantagewerkers, aardig onder de duim hield. Het enige levende wezen dat zich tegen haar aan mocht nestelen was haar kat, Crazy Toy, die soms op haar schouders sprong en haar nog meer het uiterlijk verleende van een heks dan ze al bezat.

Eenmaal in haar leven (waarvan niemand precies wist wanneer het begonnen was) had ze sinds haar aankomst in Moon City het dorp verlaten, en dat was geweest voor de begrafenis van haar stakige vader, die zelf zijn leven als begrafenisondernemer had doorgebracht. Ze had achter zijn door muilezels getrokken lijkwagen gelopen met de bitse gelaatsuitdrukking van iemand die te lang op zijn geld heeft moeten wachten; maar diezelfde avond zat ze alweer op haar veranda, die uitziet op Hollow Street, de enige werkelijke straat die het dorp rijk is, en rookte onverstoord een havanna, waarvan de as af en toe op haar ouderwetse rouwjapon viel.

Miss Melanie Plankton, die de kwartjesbazaar dreef maar onder alle omstandigheden een dame bleef, noemde haar een vrouwelijke bruut, een roddelaarster en een koppelaarster. Nou, wat dat laatste betreft had ze absoluut gelijk; Coca-Cola-Coba deed niets liever dan bemiddeling verlenen in amoureuze zaken, en men fluisterde in het dorp dat zij op deze manier probeerde wraak te nemen voor haar eigen mislukte liefdeleven.

Want de combinaties die Coca-Cola-Coba tot stand trachtte te brengen waren uiterst ongewoon. Sheriff Hank had ze laten trouwen met een wulpse creoolse, die hem sinds hun huwelijksnacht geen dag trouw was gebleven, en Scarlet Thompson had ze een veel te oude man in de maag gesplitst, die alleen op haar geld uit was om het te verzuipen.

Aan het eind van Hollow Street stond een groot huis, je kon het wel een *landing* noemen, waarin Idabel en Florabel Skinner woonden, twee zusters van in de zeventig, die er hoog van opgaven Gertrude Stein en Alice B. Toklas gekend te hebben, en hun nadagen doorbrachten met patience spelen. Idabel en Florabel zaten dan ieder aan een muskaathouten tafeltje en hielden beurtelings kindse monologen tegen hun papegaai, die in een kooi aan de serrewand hing.

De dag waarop dit verhaal begint was het bloedheet in Moon City. De honden lagen lui voor hun hokken, de mussen vielen van de daken zodat je nog over die vervloekte beesten struikelde, en in de Hot Dog Saloon werd meer bier en whisky op de rotsen omgezet dan 's winters in welgeteld zeven dagen. Zelfs in de schaduw van de pijnwouden buiten het dorp was het verstikkend, en de dampige moerassen verderop geurden kwalijk – men zei dat je van die dampen zelfs een dodelijke ziekte kon oplopen.

De enige die geen last scheen te hebben van de hitte was Billy Boy, een blonde, bruinverbrande jongen van negentien, die als stand-in van James Dean (in de goede jaren vijftig, toen J.D. nog leefde, natuurlijk) geen gek figuur geslagen zou hebben. Dezelfde vragende wenkbrauwbogen, hetzelfde sensuele wimper- en lippengebruik, dezelfde nachtelijk hese manier van spreken. Voor een farmerszoon was Billy Boy behoorlijk bij de pinken, al wist het hele dorp dat hij lui was als een hoer op leeftijd, die haar schaapjes op het droge heeft.

Op een augustusmiddag in 1973, een jaar waarin de Coca-Cola-fabrieken een duizelingwekkende omzet maakten, slenterde Billy Boy door Hollow Street, vanachter de halfgesloten blinden nagestaard door jonge meisjes met strikken, vrouwen die wel pap van hem lustten, en een van de meest bescheiden knapenminnaars van Moon City, Mr. Ibsen.

Harold Ibsen was – hoe kan het anders – de dorpskapper. Zijn barbierszaak was een centrum voor de stoere mannen uit de streek, die 's ochtends, wanneer hun vrouwen in de kwartjesbazaar inkopen deden en roddelden, bijeenkwamen om in de achterkamer van het houten huis met aan de gevel zo'n fallusvormig barbiersembleem ('Ibby's Prick' in de volksmond), stiekem te pokeren. Onbewust genoten de mannen van de zachte handen waarmee Mr. Ibsen hen inzeepte, zijn moederlijke manier van redderen in de altijd gezellige en homofiel-verfijnde zaak.

Die augustusmiddag echter was er niemand bij onze barbier van Moon City en hij verveelde zich dan ook danig. Je kon hem geen stoere verschijning noemen, eerder een kleine Falstaff met vetringen, en een paar zachte bruine ogen, die vaak liefkozend over de ingezeepte mannenkoppen blikten. Hij kwam uit Salem, Massachusetts, de stad van de beruchte achttiende-eeuwse heksenjachten. En men had in die tijd niet alleen op heksen gejaagd, wist Mr. Ibsen. Ook Zij Die Uit Sodom en Gomorra Kwamen waren vaak levend geroosterd als speenvarkens aan het spit.

Hoe dan ook: door de halfgesloten blinden zag Mr. Ibsen de blonde Billy Boy door Hollow Street slenteren, en het werd hem groen en geel voor de ogen van verlangen. Zonder het zich bewust te zijn likte hij zijn lippen toen zijn blikken de welvende curven van Billy Boy's Blue Jeans volgden, en hij wist niet wat hij opwindender vond: de voorkant of de achterkant. Er was echter voor alles een tijd: zolang de jongen de barbierszaak tegemoetliep had Mr. Ibsen een royaal zicht op de voorkant; wanneer de knaap zich evenwel verwijderde kwam de achterkant aan bod.

'De lange hete zomer,' mompelde Mr. Ibsen. Hij krabde zich achter zijn rechteroor, streek over zijn gladgeschoren kin en greep naar de rumfles. 'Dit kan zo niet doorgaan,' vervolgde hij in zich zelf. 'Billy the Kid is een killer; een lady-killer, een man-killer, een almachtige sun-of-a-bitch-killer. Een schot in de roos van de Schepper, een...' Zijn monoloog ging over in delirisch dronkemansgemompel, waar hij zelf niet meer naar luisterde.

De zon stond boven Moon City als een super Jupiterlamp, waar zelfs Metro Goldwyn Mayer jaloers op kon zijn. Onder de zon hingen dunne wolken, die de atmosfeer nog drukkender maakten. Wat kon je beter doen dan slapen? Idabel en Florabel Skinner deden dan ook hun middagtuk (en droomden van een kus van de snorharige mond van Alice B. Toklas); Coca-Cola-Coba lag met Crazy Toy in haar armen, en de mussen bleven maar van de daken vallen, zodat de wilde tuinen weldra een vogelkerkhof werden.

Het was, om kort en goed te gaan, een dag om vreemd te gaan, een dag waarop een vreemde en hitsige nacht moest volgen. Lezen wij dus aandachtig verder.

Toen de schemering over Moon City kwam, ontwaakte Coca-Cola-Coba uit haar logge roes en greep naar de zwartkanten waaier om zich een beetje koelte te verschaffen. Ramses Quick, haar negerbediende, was in de Saloon al bezig met het spoelen van de glazen, en het gekwek van de klanten drong tot haar nog half verdoofde hoofd door.

Mr. Ibsen stond voor zijn spiegel, kamde met zorg zijn grijze Shirley Temple-krullen en bracht een geurige after shave lotion aan op zijn gezicht. Vanavond zou het erom spannen; vanavond zou hij de gevarenzone overschrijden en de duizenden zeepbellen van zijn wensdromen doorprikken. Geen gefantaseer meer, maar – voor het eerst – het volle leven. Want, hoe onmogelijk het ook klinken mag, Mr. Ibsen was nog een maagd. (Gedachtenstreepje, vraagteken, dubbele punt: ja lezer, een maagd.) Een lobbige dromer met grijze Shirley Temple-krullen, en dat kon niet zo blijven.

Hij begaf zich naar de Hot Dog Saloon, nam plaats aan de bar en raakte weldra in een gesprek verwikkeld met enkele van zijn klanten. 'Destry rides again,' gromde een baviaan van een cowboy. 'Er zit wat in de lucht, mannen.' 'Laat Destry maar komen,' riep Sheriff Hank met zijn rasperige keel-geluid. 'Ik lust hem rauw.'

Miss Blanche, de plaatselijke hoer over wie ik nog niet gesproken heb, maar die geen avond in de Saloon ontbrak, gaf Sheriff Hank wat zij noemde 'de Dietrich-blik', dat wil zeggen, ze probeerde door halfgeloken ogen geil en minachtend te kijken. Zij had geen hoge dunk van Sheriff Hank als man – en God en de Duivel weten dat ze gelijk had. Die creoolse was hem niet voor niets geen dag trouw geweest. Trouwens, als ze zo de rij eens langskeek, wat was er eigenlijk de moeite waard aan mansvolk in Moon City? De jongens nog het meeste. Hete katers die haar meetrokken in een hooiberg of achter de schaapskooi buiten het dorp. Maar betalen – ho maar!

Voor Mr. Ibsen was dit een belangrijke avond. Hij was matig met de whisky, at verdacht veel eitjes en selderie, en keek alsmaar schichtig naar de klapdeuren van de Saloon. Waar bleef Billy Boy? Hij zou nog uren moeten wachten, maar zeg dat zo'n verhitte man eens van tevoren, daar zouden gekke dingen van kunnen komen.

De maan stond boven Moon City als een goedkoop stuk glas. De dode mussen begonnen te stinken, in de moerassen hoorde je wanhopig geklapwiek en het leek wel of de nacht onheil zou brengen.

Niet voor Mr. Ibsen echter, die na drie glazen whisky de bar had verlaten. Spiedend door de straten begaf hij zich in de richting van Paradise Chapel, een kerkje dat hoog tegen een heuvel lag. Waarom ging hij deze kant op? Hij kon het niet verklaren. Zijn lippen mompelden de naam van zijn idool. Zwarte magie, dacht Mr. Ibsen. Ik roep de jongen op. Hij moet zich aan mij manifesteren. Moet. Nu of nooit. En jawel, in de schaduw van de kapel ontwaarde hij een silhouet. Was het B.B.? Zijn hart hamerde. Hier had hij sinds zijn puberteit naar verlangd. De opening naar de hemel, die tot dan voor hem gesloten was gebleven als een bankkluis voor een dilettant-inbreker.

Billy Boy (want het was hem) bewoog nauwelijks in het hoge gras. Waarvoor ook? Hij merkte dat 'Ibby's Prick' hem al in de smiezen had – nou, het zou tijd worden. Die man had er wel lang over gedaan.

Hij accepteerde de sigaret die Mr. Ibsen hem met trillende vingers aanbood. Hij inhaleerde de Egyptische tabak, streek over het zijden vest en de Shirley Temple-krullen en begon zich uit te kleden in het maanlicht, dat hem als een paradijselijke mantel omhulde. Mr. Ibsen wist weer niet welke kant er aantrekkelijker aan hem was: de voorkant, die hem aan de barbiersstaf aan de gevel van zijn zaak deed denken, of de achterkant: zulke billen had zelfs Grandma Moses nooit op het doek weten te krijgen. De barbier hijgde, gooide zijn sigaret in het dorre gras en wierp zich op de jongen. Er schoten sterren door zijn hoofd, ratelslangen bewogen in zijn buik, en de rest laat zich door iedere lezer boven de achttien jaar gemakkelijk raden.

Vanuit Moon City zag Sheriff Hank op naar de heuvel van Paradise Chapel. Was er een engel neergedaald? Wonderlijke lichten schoten heen en weer, er gebeurde daar iets bovenmenselijks. Kwam het door de whisky dat hij dit waarnam? Vanwaar kwamen deze visioenen?

Achter hem begon de alarmklok van Moon City te luiden. Natuurlijk weer een grap van een van die cowboys, dacht de Sheriff, tot hij de bevende oudedamesstemmetjes van Florabel en Idabel Skinner achter zich hoorde, die 'Brand!' riepen als in een heel oud hoorspel.

Coca-Cola-Coba rende met een tas vol flessen water de heuvel op en ook andere dorpelingen trachtten vloeibare waar aan te dragen om het vuur te bedwingen.

Toen de brandweer op de heuvel was aangekomen, lag Mr. Ibsen veilig met Billy Boy in zijn eigen bed. Eén keer is geen keer, was voortaan zijn wapenspreuk. En waarom zou hij helpen een vuur te blussen dat juist zo machtig was aangewakkerd!

Billy Boy kreunde als een krolse kater. Hij voelde hoe de handen van de barbier hem kundig masseerden, en hij zag een toekomst voor zich met rijen whiskyflessen, piramides van Egyptische sigaretten en luie middagen in de hangmat, terwijl zijn Meester schoor en knipte. 'Wie de liefde niet heeft is een hol klinkend vat,' mompelde hij.

'Al zou ik de taal van de mensen en de engelen spreken en de liefde niet hebben, dan zou ik een vals klinkend metaal of een luidende schel worden,' verbeterde Mr. Ibsen hem.

In de verte luidde nog steeds de alarmklok en door het slaapkamerraam was een ander licht te zien dan dat van de maan. Het deerde onze barbier niet in het minst.

'De paradijselijke heuvel heeft zijn zegen verplaatst naar mijn poppenhuis,' dacht Mr. Ibsen, en sliep in met de glimlach van een engel der wrake op zijn lippen.

Notities uit het dagboek van
Mabel van Luyk

MAANDAG 14 JUNI. De meeuwen zeilen weer over de gracht. Een prachtig gezicht, zo *Hollands*, waar ter wereld vind je dit? Ik kan er iedere dag met de verbazing van een jong ding naar kijken. Gek, dat ik me weer zoveel jonger voel sinds Frits weg is, komt natuurlijk door de ononderbroken beauty-sleep die een vrouw van mijn leeftijd absoluut nodig heeft. Toch, toen ik vanmorgen (nog ongeschminkt) in de spiegel keek, dacht ik bij me zelf: Mabel, je ziet er *niet* uit, meisje: bij jou vergeleken lijkt een afgebladderde zeekoe nog een aantrekkelijk wezen. Dat was vóór mijn eerste kopje koffie, dan voel ik me altijd nog zo *low*.

En laten we eerlijk zijn: ik ben wel aan vakantie toe, nadat Frits op mijn hart is gaan staan met die meid uit Het Vissertje. Zelfs de kloofjes in mijn nagels tonen aan dat ik vitaminegebrek heb, of is het een kalktekort? Enfin, dat doet er ook niet toe. Ik ben gewoon een ruïne.

Gelukkig voelt Mien zich ook zo. Ze had gisteravond de laatste voorstelling van 'Maja, een vrouw van lichte zeden' in het De la Parra Theater, dat haar naam met ere draagt. Het leek wel een afscheid, Lot was er en Ank en Mary en dat *enige* mens van

Stuart. Ze had een turban op van gevulcaniseerd rubber of zo iets, kennelijk van Maxje en héél héél geavanceerd.

Toen de gong drie keer sloeg, klopte mijn hart. Gek, ik heb dat altijd met Mien. Zoals ze wanneer het doek opgaat onder die rode lantaren staat als een lichte jeweetwel en dan met haar broodje warme alt tegen een voorbijganger zegt: 'Ik ben de *vrouw*... Jij bent de *man*.' De zaal was meteen doodstil, je kon een parelcollier horen vallen. Er is natuurlijk wel erg veel seks in dat stuk, maar sociaal gezien: het toont aan hoe wij vrouwen door de eeuwen heen zijn misbruikt. Na de voorstelling had ik grote moeite Mien uit Américain weg te krijgen, ze werd luidruchtig en ging heel opzichtig zitten flirten met een hoogblonde jongeman aan het tafeltje naast ons. 'Mien,' zei ik, 'er is een leeftijd voor alles. Goed, je ziet er op drie meter afstand geen *dag* ouder uit dan je bent, maar er *is* een leeftijd voor alles. Ik mag je dit zeggen, want hoelang kennen wij elkaar al niet? En wat hebben wij niet samen meegemaakt, we've gone through hell and high waters together' (al had dat water wat Mien betreft wel meer de kleur van whisky – maar Miens leven is tenslotte ook niet over rozen gegaan). Mien sloeg geen acht op mijn wijze raad en begon hoogst hinderlijk te zingen: 'If you were the only boy in the world and I were the only girl,' daarbij rookwolken in de richting van de jongeman blazend. Iedereen begon te kijken en het was maar goed dat ik Mien ten slotte door de draai-deur kreeg. Altijd die drank. Vroeger had ik dat ge-zanik met Frits, nu is mijn grootste zorg: hoe moet ik Mien van de fles weghouden? Bij mij thuis, tijdens sterke zwarte koffie om Mien taxiklaar te krijgen voor de Ouwezijds, kreeg ik opeens een idee.

Eerst had ik Mien nog verteld van Ronald en dat hij zo'n uitstekend eindexamen heeft gedaan (ge-lukkig heeft die jongen meer *hersens* dan Frits *brains*) en van mijn plan om hem onverwacht mee te nemen naar Cannes, de komende week. Waarom ik hem hoognodig een tijd uit de invloedssfeer van Amsterdam moet weghalen heb ik nog maar niet verteld. 'Mien,' roep ik opeens. 'Weet je wat jij doet? Jij gaat met ons mee.' Natuurlijk spartelde ze tegen. Ze heeft schulden, ik weet het. En op mijn kosten wilde ze niet. 'Mien,' zeg ik, 'gelijke monni-ken, gelijke kappen, *ik* betaal. Tenslotte is die ali-mentatie van Frits ruimschoots voldoende om ons drieën een leuke vakantie te bezorgen' (het staal schijnt erg goed te gaan tegenwoordig). Na het der-de kopje koffie was ze zo ver. Ze pakte me om mijn middel en begon met me door de kamer te dansen op de melodie van 'Ik heb rooie en witte radèès!' Ik vulde aan: 'Geen voze maar mooie radèès!' en we lagen allebei dubbel tegen het buffet. Dat is dus ge-regeld. Nu moet ik gauw naar Maxje voor mijn cerise complet, hij stáát erop dat ik vanmorgen kom afpassen.

DINSDAG 15 JUNI. Vanuit mijn schrijfhoekje zie ik de meeuwen over de gracht zeilen. Een prachtig gezicht, zo *Amsterdams*. Heb het jasje van mijn cerise complet over de kaptafelspiegel gehangen – zie er weer *niet* uit vanmorgen. Maxje, de engel, heeft me gisteren een hart onder het encœurtje gestoken. 'Mens, je bent dènderend!' riep hij, me door zijn zonnebril kritisch bekijkend. O, als Frits maar eens één keer zo iets tegen me gezegd had. Ik riep: 'Max, jongen, je mag wel een polsstok nemen om over mijn rimpels heen te springen!' en de hele boutique brullen. Gek, met Frits heb ik nooit zo kunnen lachen. Soms, in mijn diepste zelf, vraag ik me af: mis ik hem? Stel dat hij er nou eens niet met die del uit Het Vissertje vandoor was gegaan, zou ik hem dan nog elke dag om me heen willen hebben? Gut, nee. Ik vind het wel zo rustig zo. Ik kan mijn nagels vijlen, kleren passen en die botanische nachtcrème van rammenassap en mierikswortel opdoen zonder dat er ieder moment een hengst mijn kamer binnenrent en me aanvalt op mijn hormonen. Trouwens, ik sta niet alleen. Gisteravond in bed las ik nog een artikel in de 'Vogue': 'What Doris Day's Husband Did To Her'.

Vreselijk die mannen, beesten zijn het!

WOENSDAG, 16 JUNI. Naar de garage geweest om mijn Dafje reisklaar te laten maken. Wie staat er opeens met zijn deux-chevautje naast me? Bas van

Bolten, de schön-premier van ons toneel (zoals Mien hem vaak noemt). Volgens mij draagt hij een toupet, want hij was verleden jaar tijdens de repetities van 'Darling, die quickly' met Mien veel kaler dan nu. Hij informeerde naar Ronald – en opeens voelde ik iets in me verkillen. Was gewoon vergeten dat hij er één *is*. Nou schelen Ronald en hij wel dertien jaar, maar misschien valt hij op jong. Gepraat over vakantie alsof er niets aan de hand was. Bas heeft zijn laatste voorstelling van dit seizoen ook achter de rug en hoeft gelukkig niet meer mee te spelen in dat afschuwelijke 'Elckerlyc' op dat tochtige plein in Delft. Had ook wel zin in Cannes, zei hij en informeerde naar ons hotel. Stom genoeg heb ik hem de naam opgegeven. Kreeg een duister voorgevoel. Ons gesprek snel overgeschakeld naar bougies, debraillage en te vette zuigers. Toch dat voorgevoel niet meer uit mijn hoofd gekregen. Ben thuis gaan zitten piekeren. Stel dat wat meneer Van Haeften, Ronalds rector, mij gezegd heeft waar is. 'We hebben hem in het kleedhokje van het gymnastieklokaal gevonden, samen met zijn vriendje Hans D... in een ongeoorloofde situatie, als u begrijpt wat ik bedoel.' Dat zei hij. Eerst begreep ik het niet. 'Waren ze aan het zakkenrollen?' probeerde ik voorzichtig (want dát zit in de familie, denk maar aan neef Anton). 'Nee mevrouw,' zei hij ernstig, 'er waren geen andere kledingstukken in het vertrek aanwezig dan die van Ronald en

Hans. Maar in plaats van zich aan te kleden... Nu ja, u begrijpt me wel.' Zo concludeerde hij. Ik was te verbluft om te spreken. 'Ik heb gemeend u hiervan op de hoogte te moeten stellen,' zei Van Haeften. 'U kunt dan tijdig uw maatregelen nemen.' Welke? dacht ik.

Toen ik thuiskwam zat Ronald rustig te lezen. Ik ging op de bank zitten, nam nerveus mijn sigarettenkoker en aansteker en keek mijn zoon van opzij aan. 'Wat is er mams?' vroeg hij. En opeens flapte ik het eruit. 'Heb jij soms met Hans D. een (hier aarzelde ik even, hoe *zeg* je zo iets) *ongezonde* vriendschap?' vroeg ik. Ik merkte dat ik kleurde. Ronald vertrok geen spier. 'Wat haal je je nou in je hoofd?' zei hij en sloeg zijn boek (Annie Schmidts 'Impressies van een simpele ziel' dat ik van Thea geleend heb) dicht terwijl hij me rechtschapen aanzag. Ik kreeg zo'n vreemd zuigend gevoel in mijn maagstreek en kon het me plotseling ook helemaal niet voorstellen. 'Hoe kom je op het idee?' vroeg Ronald, met een lachje om zijn lippen – notabene datzelfde lachje dat ik van Frits ken wanneer hij er weer met een van die meiden op uit was geweest. Dat had me moeten waarschuwen. 'Laten we er maar niet meer over praten,' zei ik. 'Misschien heb ik me vergist.'

Een uur later, toen hij op het hockeyveld was, ben ik toch eens in zijn slaapkamer gaan snuffelen. Op zijn bureautje lagen van die tienertijdschriften met foto's van rok-en-rol-sterren, of hoe noemen ze dat tegenwoordig. In zijn bureaula lag een plakboek, helemaal gewijd aan Elvis Presley. Op de eerste bladzij een afbeelding van dat briljantine-vette jongmens met het onderschrift: 'Mah pah gave me a guitah and Ah became a Singah.' Dan foto's uit 'King Creole' en 'Heartbreak Hotel' en een artikel over de vrijetijdsbesteding van deze branie: 'In Memphis, Presley had to buy his civilian privacy. He rented a rollerskating rink for eight nights at $ 65-a-night to indulge in his favourite recreation.' Zie je wel, dacht ik bij me zelf, het zijn allemaal nog kinderen. Er stond ook nog een interview over het huwelijk in. 'I'd be crazy to get married now. Why buy a cow when you can get milk through the fence?' *Nou ja*. Eigenlijk moest ik er wel om lachen. En zoals die jongen van zijn moeder houdt. 'Momma, Ah said, Momma, you think Ah'm vulgah on the stage? – Son, she said. You're not vulgah, but you're puttin' too much into your singing. Keep that up and you won't live to be thirty.' Die bezorgdheid trof me – wat zou zo'n jongen zonder zijn moeder moeten beginnen. Achterin het plakboek vond ik nog een foto van Elvis met naakt bovenlijf in bed. Eronder stond: 'The hottest bedroom eyes ever.' Ik sloeg het boek met een klap dicht. Maar toen ik het wilde wegleggen keek ik er toch nog even in. Je moet ook niet te preuts zijn. Ik las regels als: 'Presley? A male burlesque queen. Libido with a larynx, performing as though he's suffering from itchy underwear and hot shoes. Voice like a lovesick outboard motor. He smiles as pretty as anyone since Valentino.' En dat zette me aan het dromen. Rudolf Valentino. Kapot was ik van die man. Zoals hij met Greta Garbo danste in 'Ramona'. Of was dat niet met Greta Garbo? We hebben toch allemaal onze jeugdidolen, dacht ik. En ik was toch ook niet *verkeerd* omdat ik Garbo-foto's verzamelde? Stel je voor!

DONDERDAG, 17 JUNI. Druk bezig met pakken. Zit even uit te blazen tussen de hoedjes van Max en mijn badcomplet met ankermotieven. Mien ook in alle staten. Kwam haar nog geen *vijf* minuten geleden tegen in de Vijzelstraat, een tas vol met closet-rollen. Ik roep: 'Mien, heb je al dat wc.-papier *gekocht*?' Zegt Mien: 'Welnee mens, ik heb het alleen maar laten *stomen*!' Hebben allebei Reisefieber. Zo juist tien druppels valeriaan genomen.

De meeuwen zeilen weer over de gracht. Een heerlijk gezicht, zo noordelijk! Dit zal ik missen aan de Côte.

ZATERDAGAVOND, 19 JUNI. Met Mien en Ronald aangekomen in het Hôtel du Cheval Blanc in Langres. Krakende vloeren, krakende bedden, maar dóór en dóór zindelijk. Kregen de slappe lach toen Mien bij haar ossetong pommes vapeurs bestelde en het gewoon blote gekookte piepers bleken te zijn.

Alles klinkt anders in Frankrijk. Nu rol ik doodmoe in bed. Niet vergeten de wekker op zeven uur te zetten, want die blanc de blancs pakt behoorlijk aan.

ZONDAGNACHT, BIJNA 21 JUNI. Voorbij Aix-en-Provence een uur in een garage gestaan omdat de zuigers vet waren. En de pistonpennen van de zuigers vertoonden te veel ruimte, zoveel begreep ik er wel van. Maar goed dat ik het boekje met auto-termen bij me had. Mien verdween met een van haar closetrollen naar de hum, achter in de garage. Heeft moeten hurken boven een gat in de vloer en zich aan een stang moeten optrekken. Gelukkig was ze niet tipsy! 'Ik hoorde me zelf klotsen op de tegels,' riep ze. 'Mien in de soepterrien!' Wat een geluk dat die Fransen niet zo goed Nederlands verstaan.

WOENSDAG, 23 JUNI. Vogels zeilen boven het water, een prachtig gezicht, zo *Frans*. Dit zie je in Holland niet. We hebben de eerste dagen lekker ge-luierd. Mien en ik zitten veel op terrasjes, Ronald zwemt dat het een lieve lust is. Hij wordt al mooi bruin. Er is een aardig meisje uit Bordeaux met haar ouders in ons hotel en Ronald maakt haar een beetje het hof met zijn schoolfrans. Zie je wel, waar heb ik me überhaupt zorgen over gemaakt? Die misselijke Van Haeften, met zijn infame achterklap. Wanneer ik in Amsterdam terug ben heb ik nog een appeltje met die man te schillen. Mien klopt, we gaan naar La

Turbie, een oude Romeinse nederzetting of zo iets. Goed dat Ronald gymnasium heeft, dan kan hij ons domme HBS-meisjes een lesje in de oudheid geven.

DONDERDAG, 24 JUNI. Donkere wolken hebben zich boven ons samengepakt. *Wie* staat er gisteravond opeens glimlachend in de hotelhal? Bas van Bolten. Toupet en al. Mien stráálde. Ik niet. Ik zag de blikken waarmee Bas mijn gebruinde Ronald verslond. 'Je logeert toch zeker in een ander hotel?' vroeg ik als laatste noodkreet. O nee, Le Zouzibou was heel gezellig, en nu konden we tenminste gezamenlijk de maaltijd gebruiken. Tenminste–als ik daar geen bezwaar tegen had. Wat *kan* je doen, op zo'n moment? Hij heeft kamer 306, gelukkig op een andere etage.

VRIJDAG, 25 JUNI. Door Mien en Bas naar een eethuisje geloodst dat Chez Robert heet, een obscuur ding in de achterbuurten van Nice. Er zaten jongens in kanten bloesjes met kettingen om, nou dan hoef je mij niets meer te vertellen! Een heel geanimeerde stemming overigens, maar ik voelde me niet op mijn gemak. Zeker niet toen we daarna–op aandringen van Bas–naar La Goulue gingen, een nachtclub waar je naar travestienummers kan kijken. Ronald is nog veel te jong voor die dingen, het *schaap* begreep er kennelijk *niets* van. Vooral toen er eentje, Madame Edwige, bij ons tafeltje kwam staan en een heel verhaal vertelde over haar (zijn?) huwelijk. Een vrouw en drie zoons. Was verkoper bij de Galérie Lafayette. Huwelijk op de rotsen, na vijftien jaar: 'Et on était comme ça, vraiment,' riep Madame Edwige en haar gekromde rechterwijsvinger greep in haar gebogen linkerwijsvinger als de schakels van een keten. Bas zei: overdag kan je hem (haar?) op het strand zien. Een dikke vijftiger, met haar op de borst.

Als dit niet decadent is, heet ik geen Mabel.

MAANDAG, 28 JUNI. Twee dagen lang heb ik niet kunnen schrijven en mijn hand beeft nog wanneer ik aan de gebeurtenissen van de laatste achtenveertig uur denk. Laat ik beginnen bij het begin.

Zaterdagmorgen was ik – ondanks de whisky van de vorige avond – vroeg wakker. De zoele zeewind blies door mijn gordijnen en er was vrede in mijn hart. Het was nog veel te vroeg voor het ontbijt en ik nam het Salamanderdeeltje van Couperus' 'Metamorfose' ter hand waarin ik mijn bladwijzer met de woorden Semper Avanti op bladzij 98 gelegd had. Ik sloeg het boek open en las: 'Hij wilde een beetje hopen, omdat het leven niet geheel hard en ijzer was, en hem had laten vinden het fatale Eéne. Hij zou pogen, willen pogen, met alle kracht, die hem gebleven was, zich niet dood te weenen van weemoed in het lief gelukkige van zijn ziel, die vanmorgen in zijn lichaam ontwaakt was, als een kind, dat gisteren veel verdriet gehad had...' En bij die woorden: als een kind, moest ik opeens aan Ronald denken. Het leek wel of ik in de kamer naast mij gekraak hoorde. Zou hij al wakker zijn? zeven uur. Een krankzinnige tijd voor Ronald om op te zijn. Ik bleef liggen maar kon mij moeilijk op mijn boek concentreren. Ik keek naar de twee andere Salamanderdeeltjes die op mijn nachtkastje lagen: A. M. de Jongs 'De martelgang van Kromme Lindert' en Emmy van Lokhorsts 'Phil's amoureuze perikelen' (dat Bas, toen hij me er vrijdagmiddag in de hotellobby mee zag 'Phil's amoureuze testikelen' noemde. Bah! Gewoonweg onsmakelijk). Aarzelend welke van de boeken te nemen lag ik op bed. Mijn oren vingen weer een gekraak op, nu gepaard gaande–zo leek het mij–met verholen lachen, net alsof iemand gekieteld werd. Het kwam *uit de kamer van Ronald*. Met één stap was ik uit bed en drukte mijn rechteroor tegen de wand. Ik hoorde niets. Alleen het ruisen van de Middellandse Zee. Toen opeens die schreeuw. Het was alsof mijn hart stilstond. Als in een droom liep ik op mijn deur toe, opende die en ging de gang op. Geen mens te zien. Ik luisterde voor Ronalds deur. Doodse stilte. Die schreeuw moest van buiten gekomen zijn. Ik dacht: even kijken of hij rustig slaapt en opende voorzichtig zijn deur. Het tafereel dat ik zag is niet te beschrijven. De hoofden van Bas en Ronald lagen tegen elkaar aan en onder het laken bewoog het. Ik weet niet meer of ik gilde, ik geloof van niet, want je moet onder alle omstandigheden aan het personeel denken. Ronald zag mij het eerst en keek zijn moeder recht aan. Zijn hoofd werd knalrood. Ik stond te beven op de drempel. Ik kon geen woord uitbrengen. Het viel me op dat de toupet van Bas scheef zat; gek, ik heb altijd een goed oog voor details gehad.

Terug in mijn kamer kleedde ik me haastig aan. Op de rand van Miens bed gezeten vertelde ik haar tien minuten later alles. Ze was nauwelijks verbaasd. Ze zei: 'Och Mabel, misschien waren ze alleen maar gezellig aan het praten.' Ik zei: 'Mien, je weet heel goed dat dat *niet* zo was. Het laken bewóóg' (en weer kwam datzelfde beeld me voor de ogen). Mien drukte me tegen zich aan en gaf me een zoen. 'Ieder vogeltje zingt toch zoals het gebekt is,' zei ze. 'Kindje, ga jij nou rustig op je balkon in het zonnetje zitten, ik ben over een half uurtje bij je.'

Onder het ontbijt (dat me absoluut niet smaakte) kreeg ik notabene een hele tirade van Bas, die niet in het minst beschaamd was, over Plato en Da Vinci en Michelangelo en of ik dan niet wist dat de 'Sonnets for a dark Lady' van Shakespeare voor een jongen geschreven waren? 'Mijn hoofd staat nu niet naar literatuur,' zei ik, 'en wat Shakespeare en die jongen gedaan hebben weet ik niet. Ik was er niet bij tenminste, ík heb het niet gezien. Maar een *ander* tafereel is een broos moederhart niet bespaard gebleven.' Ik keek naar Ronald, hij zag er zo knap uit in dat marineblauwe overhemd van de Society Shop, eigenlijk helemaal niet verloederd, en god weet wat voor een nacht dat kind achter de rug had.

Ik keek naar mijn zoon, die notabene nog honger had ook en het ene broodje na het andere verslond. Een uur later stond hij zich voor de wastafel te scheren met de Braun van Bas. Als een gewone Hollandse jongen. Zal ik ooit grootmoeder worden? dacht ik en ik wilde net een fiks partijtje gaan huilen om eens even af te reageren (je moet het als vrouw tenslotte ook allemaal maar alleen verwerken) toen Mien de kamer binnenrende roepend dat Prinses Grace van Monaco over de Croisette reed. En zo iets mag je natuurlijk niet missen.

Notities uit het dagboek van
Ronald van Luyk

5 MEI. Vandaag is het bevrijdingsdag, wat ik altijd
weer een reuze goeie mop vind. De oudjes roepen
leuzen in de trant van 'bevrijd van de Duitse tiran-
nie', of, naar keuze, 'het nazi-juk'. Persoonlijk heb
ik daar geen boodschap aan. Ik was nog zeer on-
mondig toen die gabbers uit Moffrika hier rond-
spookten en hel en verdoemenis zaaiden. Het moet
een verschrikkelijke tijd geweest zijn met joden-
vervolgingen en zo; tante Mien zat, zo beroemd als
ze was, ondergedoken op een kamertje van twee bij
twee. 'Ik heb de verzamelde Dostojewski, Kafka en
Flaubert in dat hok gelezen,' beweert ze vaak, maar
daar geloof ik geen fluit van. Ze was beroemd om
haar Jordaanliedjes, rollen in 'Bleke Bet' en 'De
Jantjes' en komische sketches met Cor Ruys des
zomers in het Kurhauspaviljoen. Zo'n vrouw kan
natuurlijk prima d'r nagels vijlen, heur van nature
sloddervossige haar door de een of andere *hairstylist*
tot een creatie laten omtoveren – maar de complete
Dostojewski met al zijn demonen doorploegen,
vraagt mijns inziens toch een andere instelling. Van
één ding ben ik zeker: tante Mien heeft in dat zolderhok, gevuld met haar beknelde illegaliteit natuurlijk
aan de lopende band zitten mopperen over het

slechte voer, want díé kan wat naar binnen slaan. Wanneer we met haar eten bij Américain of een andere tent waar ze geen muizehapjes opdienen, hoor ik Mams vaak scherp fluisteren: 'Mien, behéérs je! Er wordt eerlijk voor betaald; ze komen je bord straks niet halverwege de maaltijd onder je *Nase* wegratsen.' Moedertje Mabel gebruikt merkwaardig veel Duitse woorden. Dat komt denk ik omdat ze zo van operettes houdt. Laatst zong ze tegen de automatische wasmachine 'Dein ist mein ganzes Herz', met van die lange uithalen, waar ik altijd een beetje driftig van word, nou *ziedend* is een beter woord: ik heb een broertje dood aan dat gekweel. Heb meteen 'Blue suède shoes' opgezet. Geef mij maar Elvis Presley; ik vind al die operettes zo seksloos, je krijgt de indruk dat die kerels na een zogenaamd pikante wals hun wijfjes meelokten naar een chambre-séparée om aldaar heel omzichtig hun condoom uit een bonbondoos te peuteren. – Daar klinkt het 'Wilhelmus' door de radio. Nou ligt moedertje Mabel in katzwijm, daar kan je vergif op innemen. Het Volkslied en De Stem Van Hare Majesteit maken haar van binnen als een geleipudding. Ze krijgt dan van die vreemde rode ogen, en o wee, als je iets zegt. 'Ronald, Je Koningin Spreekt!' En dan komt er zo'n verre starende blik in Mams ogen, alsof het hele oorlogsverleden aan haar voorbijtrekt. Over die periode hebben mij altijd zeer gemengde berichten bereikt. Oom Hein zat in de ondergrondse, en nicht Meta (die sindsdien niet meer van de schoudertas is afgekomen, ze sláápt geloof ik met dat ding om) ritselde geheimzinnig met illegale blaadjes. Zeer moedig. Meta heeft zich toen zo vermand, dat ze nooit meer helemaal op de vrouwentoer is kunnen gaan. Ze woont nu zo gezellig met haar vriendin Bob. *Iedereen* in onze familie vond die etage van haar aan de Prinsengracht veel te groot voor een meisje alleen. Niemand gebruikte zijn kritisch vermogen. Goed, terug naar de oorlog. In onze kring is er geen mens gesneuveld of zelfs maar door een granaatscherf geraakt. En oom Herman was een zwarthandelaar. Je mag het van die hypocrieten niet zeggen, maar die man leurde met alles wat de kassa liet rinkelen. Een hoogst onethisch persoon. Humor had hij wel. Hij kon machtig vertellen – dat komt bij onethische personen nogal eens voor, omdat ze het leven kennen of zo iets. Ik heb hem duizend uit gevraagd. – Merkwaardig, van Paps kwam ik nooit veel te weten. Die bleef onder alle omstandigheden rustig. Ik krijg de indruk dat er voor hem niet zoveel omstandigheden waren, toen. – Nee, die kwamen later en lagen niet op het politieke vlak. Natuurlijk was ik weer de eerste die het doorkreeg. Je wilt er eerst niet aan, dat je eigen vader vreemd gaat. Ik zag hem in de stad met die blonde meid. Hun houding zei me genoeg. Die week, toen hij me weer op m'n donder gaf omdat ik drie onvoldoendes voor mijn Frans had en hij een gele kaart moest tekenen voor juffrouw Koenhorst, neuriede ik, naast zijn bureau staand, 'Für eine Nacht voller Seligkeit'–zonder het te beseffen. 'Sta daar niet zo dom te blaten!' riep Paps onverwacht fel. Nou is-ie zelf ook gek op deuntjes uit de moffentijd, hij deed niets anders dan naar de radio luisteren, en daar is het een en ander van blijven hangen. Het is 'Juchu im Walde' voor en die jodelende Marika Rökk na. Vandaar dat ik dat aftandse liedje van die nacht vol zaligheid ken. Over de zin 'Ich möchte auch mal tiedelieda' hebben Hans en ik ons bescheurd, wat een seniel woordgebruik. Maar ja, door dat tiedelieda zijn wij ter wereld gekomen moet je maar voor ogen houden. Goed, Paps blaft me af, en ik word toch opeens zo giftig. 'Het is maar een gele kaart hoor!' riep ik heel autoritair. Dat kan ik zijn. 'Wát bedoel je daarmee?' Hij sprong uit zijn stoel op, als door de spreekwoordelijke wesp gestoken. 'Wat wil je hiermee zeggen, jongeman?' Nou word ik altijd verschrikkelijk narrig wanneer de mensen jongeman tegen me zeggen, ik krijg er acuut diarree van. 'O, niets.' Ik beheerste me nog, wat ik reuze knap van me zelf vond. 'Je liegt!' beet hij me toe. Dat was vragen om trouble. Het bloed kwam spoorslags onder mijn nagels uit. 'Wat voor kaarten delen ze eigenlijk uit voor vreemd gaan!' schreeuwde ik, achteraf bezien volkomen hysterisch, maar ja, het was eruit voor ik het wist. Ik zag zijn lippen trillen. 'De Telegraaf' viel op 't Perzisch tapijtjen bij de open haard. Je kon zien dat hij naar de juiste tekst zocht. 'Vlerk!' was het resultaat. Niet van een verbluffende originaliteit. Zeer weinig ingenieus. Absoluut nietszeggend. Kenmerkend voor Paps. Schablone. Krantje open, krantje dicht. Vorkje prikken en het tafelgesprek aan zich voorbij laten gaan. Iets daarvan kan ik wel begrijpen; tenslotte: moedertje Mabel kwettert zesentwintig uur per etmaal – allemaal verhalen van tante Mien over Conny Stuart, Moe van der Moer, en hoe gááf Ellen Vogel zich wel ontpopt. Dat is geen mannentaal. Of Ellen Vogel zich nu wel of niet gaaf ontpopt zal Paps een zorg zijn: het heeft geen enkele invloed op het fluctueren van de staalprijzen. 'Frits is gespeend van ieder artistiek gevoel,' kan Mabel beweren. Nou en? In de vrouwelijke linie wordt er hier in huis al zo op leven en dood over kunst geluld, dat je er instantelijk maagkrampen van krijgt. Mien ziet het heel nuchter: 'Mannen? Die houden alleen van voetbal. Het zijn net *kinderen*, Mabel dear.' O, zoals ze dat zegt, met die grogstem en die mallotige tulband op – te gek. Ze heeft ongelijk. Mannen houden niet alleen van voetbal. Ook van tiedelieda. Of niet soms? – Sinds dat monosyllabige gesprek met Paps merkte ik dat hij op quasi onopvallende manier erachter probeerde te komen wat ik wist. Tja, een mens hoort zo het een en ander.

Laat ik hiermee beginnen. Op een avond, hij had thuis afgebeld, '...een onverwacht zakendiner, heel vervelend...', zagen Hans en ik hem met zo'n soort Marika-Rökk-niveau-petatkraam bij Dikker & Thijs naar binnen gaan. Een hoogblond mens met hoge zwikhakken. – Ik schaamde me wezenloos tegenover Hans, die niet van gisteren bleek te zijn. 'Gaat jouw vader ook zo vaak vreemd?' Ik kende die term sinds een paar weken nu ook voor intern gebruik. 'En humeurig thuis, hè?' vervolgde Hans. 'Niks deugt er. Het bestek ligt verkeerd. De radio moet uit. Zelfs de nieuwsberichten interesseren meneer niet. O, wat zijn we weer moe vanavond...' Hij begon zachtjes en een beetje hatelijk te lachen. 'Maakt een partijtje tiedelieda dan zo moe?' vroeg ik Hans. Enfin, die Marika Rökk wás het voor hem, petat mét mayonaise, het blauwe bloed spoot er niet uit, maar achter een bioscoopkassa zou ze niet misstaan hebben. – Na veel vijven en zessen kreeg moedertje Mabel door wat er aan de hand was – het resultaat: een geweldige scène. Het gekke was dat Paps veel harder schreeuwde dan Mams. Een grote snuit dat die vent opzette. 'Ik wil mijn vrijheid! Ik wil niet gecontroleerd, gesignaleerd of moreel gechanteerd worden!' Mabel zat met een nat zakdoekje in de hand, zoals ze Mien in het stuk 'De verlaten vrouw' van Zwaardemans had gezien. Haar tekst was summier. Als je mij vraagt, houdt Mams niet zo van mannen. Van die stieretypes dan. Ze valt meer op die 'knal'-roepende modekoningen, maar daar kan je geen kind van krijgen. Toch deed Paps pogingen tot verzoening. 'Zo was het niet bedoeld. Dit was van geen enkele betekenis. Het was al voorbij.' Ja, ja. Een week later werd hij alweer gesignaleerd met tiedelieda door een van Mams beste vriendinnen. Kortom: het werd een drakerig feuilleton, dat mijn huiswerk bepaald niet ten goede kwam. Verzoening en afnokken. Verzoening en afnokken. Mabel werd dun als een naald van alle zorgen, en bij de laatste ruzie heeft ze hem die drie oudchinese Yang-, Tang-, of Ting-borden uit zijn ouderlijk huis naar z'n kop gekeild. 'Die hoeft die hoer van jou tenminste niet te komen ophalen!' schreeuwde ze. Bijna de allure van tante Mien. Omgang met actrices is nooit weg. Paps af met doffe ogen en asgrauw. Ik vond hem opeens helemaal geen vent – niet eens aantrekkelijk voor dat petatmokkel. Hij liep met zo'n 'Dood van een handelsreiziger'-sjokpas, van dat futloze, dat niet tragisch werkt. Tenminste, bij mij moeten ze daar niet mee aankomen. Als je Ko van Dijk niet bent, kan je zo iets beter laten. – Een andere zoon zou hem misschien achternagerend zijn, maar zo karakterloos ben ik niet. Mabel heeft haar portie thuis gehad van hem, dubbel en dwars. Toen we de deur dichtknalden – Paps had hem open laten staan – deed Mabel even of ze instortte. Dáár heb ik gauw een stokje voor gestoken. Ik ben allergisch voor vrouwenleed. Volgens Mabel krijg ik een ijzige blik wanneer zij gaat huilen. Zal wel kloppen. Bij blèrende kinderen heb ik dat ook. Geef mij maar

The Platters. 'I am the great pretender'. Mijn grootste bezwaar tegen siepen is dat het geen ritme heeft. Wat stond me te doen? Op zo'n moment hebben *vrouwen vrouwen* nodig. Die begrijpen elkaar, vooral wanneer er front gemaakt moet worden tegen de mannen. Ik bel tante Mien, die tien seconden later al op de stoep stond en alsmaar riep: 'Mannen! Beesten zijn het!' Nou heeft ze iets van een circusdirectrice—als ik hoor hoe zij tijdens de repetities als een tijgerin tekeergaat, klappen uitdeelt en met die zware alt iedereen overstemt, dan wordt er bij het Theater de la Parra wel duidelijk gemaakt wie de baas is.—Ik zette de whisky klaar; Mabel vroeg nog heel lullig: 'Is het niet te *vroeg* voor whisky?' Tante Mien diende haar van repliek: 'Kindje het is *nooit* te vroeg voor whisky, neem dat van mij aan!' Niemand zal haar dit betwisten. Mien weigert de planken op te gaan, als er in haar kleedkamer niet minstens twee flessen klaarstaan. Ze gaf moedertje Mabel een soort spoedcursus Black & White—en dat werkte. Mabel keek de kamer rond als een verwonderd kind of iemand die bijkomt uit een boze droom. 'Zo, dat hebben we weer gehád,' stelde ik vast—ik vond dat ik me erg cool gedroeg—en dirigeerde Mabel naar haar slaapkamer om zich op te knappen. Bij het zien van die twee bedden sloeg ze opeens haar handen voor haar gezicht. 'Dat tweede bed zal nooit meer gebruikt worden. Ik weet het, o, ik weet het heel zeker!' Tja, de kat had 't kunnen raden, maar wanneer iets onherroepelijk is moet je er niet meer over zeuren. Ik legde een arm om Mams heen. 'Weet je wat wij doen?' vroeg ik. Een afwachtende blik. Het Grote Leed begon al een pietsie te verschrompelen. 'Wij bellen straks Bob van Wessum en laten hem een nieuw ontwerp voor die kamer maken. Tweede bed eruit, andere gordijnen, eindelijk die moquette op de vloer, waar Paps zich eeuwig tegen verzet heeft... Je zal zien, het wordt fantastisch!' Ik zag het vrouwenleven van strikken en kwikken in Mams ogen terugkomen. 'Een sprei met ruches. En die titiaanrode moquette.' Ze pauzeerde even, aandachtig om zich heen kijkend. 'Maar wat voor gordijnen moeten daar dan bij?' Ze wierp mij een hulpeloze blik toe. Vrouwen blijven kinderen. Mabel zonk voor haar kaptafel neer. 'Wanneer ik mijn tragedie aan Bob vertel, dan weet de hele wereld alles binnen vierentwintig uur.' Ik drukte mijn handen op haar schouder. 'Bob van Wessum is de hele wereld niet,' bromde ik geruststellend. 'Hij kan wedijveren met het ANP!' riep Mams, onverwacht fel. 'Dat is waar, ze noemen hem niet voor niks "la plus mauvaise langue d'Amsterdam".' We zwegen een moment. Moeder en zoon in diepe bezinning, na het verlies van Pa. Je had er werkelijk een Hollywood-camera op kunnen zetten: Greer Garson en Jimmy Dean zouden ons dit stille spel niet verbeterd hebben. 'Pah 's gone Mah,' mompelde ik, en om me zelf te testen trok ik voor de spiegel het zieligste gezicht

dat ik in huis had. Ik schrok er zelf van, hoe echt dat
eruitzag. 'Arme jongen,' baste Tante Mien, die
plotseling in de deuropening stond. 'Arme, een-
zame jongen.' Ze streek door mijn haar. Zie je wel,
dacht ik, toneelspelen is helemaal niet moeilijk. Je
moet je fantasie gebruiken en aanstellerige gezichten trekken. Ik probeerde een snik. 'Die jongen is
helemaal van streek. Zulke dingen pakken kinderen
veel te veel aan,' riep Mien glorieus, want ze is tuk
op emotie. 'Ik ben geen kind meer,' schreeuwde ik
nu met lange uithalen. Als ze nou niet doorhebben
dat dit spel is, zijn het geklofte heikeutels, dacht ik.
Tante Mien had een jurk aan met een onbeschrijfe-
lijk dramatische kraag, het leek wel of ze zo van de
repetitie van 'Maria Stuart' was weggerend. Ze
stortte zich op Mabel. 'O, de beul!' riep ze. 'De
beul!' Pauze. 'Wat heeft die man jullie niet aange-
daan.' Ze keek naar de ramen of daar de eerste rij
stalles begon. 'Wat een opluchting!' Haar toon was
opeens veranderd van mineur in majeur. 'Hemelse
goedheid, het moet een pak van je hart zijn.' Logica
moet je bij vrouwen niet verwachten. De gelaats-
expressie van Mams wisselde zeer snel. Bij 'beul'
ging-ie op gekweld, bij het woord 'opluchting'
kwam er iets roekeloos in haar blik. Toch moest er
even een snik af. Al deed ze het maar voor Mien,
die daar dankbaar gebruik van maakte. 'Niet huilen,
hert van me...' Dat was uit 'De herberg met het
strooien dak', de scène waar de boerin haar door

een weggelopen knecht zwanger gemaakte dochter troost. 'Het leven gaat verder...' Zeg daar es nee op. 'Wat heeft die fielt je niet bedrógen! Was het wéér die... blonde...?' Mams knikte verslagen. 'Gevoel voor kwaliteit...' Tante Mien begon nu door de kamer te ijsberen. 'Gevoel voor kwaliteit missen die kerels ten enen male.' Ze wendde zich tot mij. 'Heb jij haar gezien?' Ik knikte. 'Ze lijkt op een verlepte Marika Rökk,' antwoordde ik informatief. 'Dát wijf heb ik niet voor me, want in de oorlog zat ik ondergedoken voor Koningin en Vaderland,' riep tante Mien met een groots gebaar. Ze zat ondergedoken om d'r eigen hachie te redden, dacht ik, liep naar beneden, rukte de LP van Marika uit ons platenrek en stoof de trap op. Mien bezag de foto op de hoes met een mengeling van nieuwsgierigheid en moordzucht. 'Wat een typisch vulgair koppie,' was haar commentaar. 'Een meid om bij Formosa met de gebakschotel rond te gaan. Jij zei iets van een... kassajuffrouw?' wilde ze weten. Vier vrouwenogen keken me gespannen aan. 'Ze zit aan de kassa bij Tuschinski,' sprak ik beslist. 'Ze vallen altoos op déllen,' reageerde tante Mien. 'Ik heb 't nog nooit anders meegemaakt. Horecameiden, kassakuttekoppen, dienstmeiden. Hun vaste repertoire.' Haar ogen lichtten op. 'O!' riep ze. En weer 'O!' Ze hief haar rechterhand met de lange zwarte handschoen, waarvan ze zelf beweerde dat die een tragische chic bezat, op. 'Wanneer ik naar Tuschinski ga, kan ik haar dus *zien*!' Dit bracht me even in verwarring. Ik was in mijn fantasie te ver gegaan. 'Ze hebben afwisselend dienst,' antwoordde ik. 'Allebei blond. Ik zou maar uitkijken dat je niet de verkeerde aanspreekt, dan sta je goed voor aap.' Mams bereidde een nieuwe snikaanval voor, die juist op tijd door tante Mien werd bezworen. 'Als ik *ergens* dorst van krijg, is het liefdesverdriet!' baste ze. Snel kieperde ze de whisky naar binnen. 'Waar woorden falen...' mompelde Mien met een stem, die van heel ver leek te komen. 'Eugene O'Neill?' vroeg ik. 'Of Tennessee Williams?' Ik vond het zo'n typisch Amerikaanse theaterzin. 'Where words fail...', ik hoorde het al op Broadway. Gestut door haar kraag keek Mien mij hooghartig aan. 'Het leven! Het leven van ons *vrouwen*,' verduidelijkte ze. Een derde glas werd volgeschonken en geleegd alsof ze een aspirientje moest wegspoelen. Ik nam de L P van Marika Rökk en brak hem op mijn knieën – wat niet makkelijk was. 'Das Lied ist aus,' verzuchtte Mams. 'Dat vind ik een afgrijselijk ouderwetse tekst,' repliceerde tante Mien. 'Bovendien is het onzin. Je hebt mij. Je hebt Ronald. We staan al-le-maal (ze maakte een gebaar of het minstens honderd mensen betrof) om je heen. Wij staan achter je. – En wát heeft Frits? Zo'n petatdel met van die geniepige, domme kijkers. Wat zal die man van een kouwe kermis thuiskomen. Maar *hier* zet hij geen voet meer!' besliste ze. 'Ellende heeft-ie gezaaid, ver-

driet en duisternis.' Haar kraag was nu flink verfrommeld door alle omhelzingen. 'Ik heb zo'n
voorgevoel... zo'n voorgevoel, dat we met zijn
drieën een goede tijd tegemoetgaan.' Ze kneep haar
ogen even dicht, alsof ze op een scorebord het bedrag van Mams toekomstige alimentatie kon lezen.

1 JUNI. Sinds Paps' vertrek is er veel veranderd hier
in huis. Ik kan mijn boeken en platen laten rond-
slingeren. Hij had de pest aan Elvis. Vuile huiche-
laar. Zedenbederver, noemde hij hem. Tegen Mabel
zeg ik altijd: Elvis is voortgekomen uit een religieu-
ze sekte, 'The First Assembly of God'. Ze kan zijn
hitsige gekrijs in 'Tutti-frutti' niet rijmen met zijn
jeugdbeschrijving. 'We used to go to these religious
singin's all the time. There were these singahs,
puffectly fine singahs, but nobody responded to
'em. Then there was the preachers and they cut up
all over the place, jumpin' on the pianah, movin'
every which way. The audience liked 'em. Ah guess
Ah learned from them.' Klare taal. Ik mag die cat
wel. Ik kan nou lekker met Hans het huis door
swingen, zonder dat Paps met deuren gaat slaan of
dwarsligt met hatelijke opmerkingen. Ik heb een
foto van Hans naast mijn affiche van Elvis gehangen. Soms, 's avonds, lig ik ernaar te kijken. We
houden een wedstrijd in wie de strakste jeans kan
dragen. – Mams heeft een soort Hot-Line met Max
Heymans, ze koopt zich ziek aan tassen, hoeden,

jurken. Je moet haar met die modeknullen door de telefoon horen kwinkeleren – nou dat zit wel snor.

3 JUNI. Grote deining. Vanmiddag zijn Hans en ik door Van Haeften betrapt in het kleedhok van ons gymlokaal. We dachten dat iedereen al naar huis was – en verdomd, opeens staat die mafketel in de deur. 'Wát zullen we nou hebben! Wat is dat hier?' Ja, wat was dat daar. We hingen wel meteen op half-twaalf, maar dat kon de situatie niet redden. 'Hans en ik wilden nog een douche nemen, meneer Van Haeften,' stamelde ik. 'Stiekem!' brieste de man. 'Stiekem achterblijven om... stiekeme dingen te doen!' Hij was werkelijk buiten zich zelf van woede. 'Jullie zullen hier meer van horen. Op míjn school wordt niet gerotzooid. Aankleden en ingerukt. Mars!' We stonden mooi te kakken, vooral omdat Hans zo schuldbewust keek. Wat moet ik doen? Met geen mens kan ik hierover praten.

4 JUNI. Geen oog dicht gedaan vannacht. Balanceer tussen angst voor de wraakactie van Van Haeften en geilheid. Of liefde? Idioot, dat woord hebben Hans en ik nog nooit gebruikt. Wij hebben nooit gepraat over onze vriendschap, het kwam vanzelf. Maar wat is *het*? Body & soul. Ik snap er geen bal van, maar ik word stapelgek wanneer ik aan hem denk. Af-wachten wanneer de slechte tijding Mams zal berei-ken.

5 JUNI. Onderhoud met Onze Vader Hier Op Aarde. In het begin liep 't gesprek ontzettend stroef; we wisten geen van beiden wat we zeggen moesten, begonnen na een lange stilte tegelijk te praten, zeiden: 'Sorry...' en zwegen dan weer. Het was een clichématige situatie, net iets uit een goedkope film. Paps kuchte ongewoon vaak. 'Hoe is het thuis?' vroeg hij. 'Redelijk goed,' antwoordde ik na een korte, goed getimede aarzeling. 'Kan... (kuch)... *ze* zich een beetje redden?' Ik knikte met een zekerheid boordevol melancholie. Bewust liet ik een hiaat in ons gesprek vallen en dacht eraan hoe Mams sinds zijn vertrek druk in de weer is geweest met Bob van Wessum. 'Ons oude huis is ons huis niet meer,' zei ik op een gelaten toon; ik zag de vingers van Paps trillen toen hij zijn jeneverglas pakte. Hij had een levensgroot schuldcomplex, en dat wilde ik hem voor geen goud afnemen. 'Er moet iets gebeuren,' sprak ik heel beslist. Hij zweeg. 'Er móét iets gebeuren,' zei ik nu zeer afgemeten. Paps begon te zweten, zijn hoofd werd langzaam rood. 'Er is toch niets... met Mams aan de hand?' informeerde hij. 'Och...,' antwoordde ik, met een intonatie die voor veel uitleggingen vatbaar was. 'Jongen,' –hij greep me zowaar bij mijn hand– 'als er problemen zijn, dan moet je het je Vader eerlijk zeggen.' Nou, die was goed. Vader keert terug in Vaderrol. Ik werd er eerlijk gezegd kotsmisselijk van. Ik trok mijn hand terug. 'Mams maakt een

47

moeilijke tijd door.' Hij knikte té begripvol. 'Niet zozeer door het feit dat ze alleen is komen te staan.' Verbazing in zijn ogen. 'Mams is namelijk zelfstandig genoeg. Misschien is dat jou nooit zo opgevallen.' Ik loerde naar hem vanuit mijn ooghoeken, ik merkte dat hij niet begreep waar ik op aanstuurde. Nu kan ik zaken aan hem kwijt, die ik nog nooit heb durven zeggen, dacht ik. 'Er is één ding waar Mams zich bovenal zorgen om maakt: de smet op onze familienaam. Van Luyk,' voegde ik er zeer overbodig aan toe, want ik neem aan dat Paps wel weet hoe hij heet. 'De naam Van Luyk staat voor... een zekere standing,' ging ik verder. 'Zoals je weet heeft Mams altijd haar best gedaan om die stand op te houden. En dat is haar ook glansrijk gelukt. Sinds enkele weken... of maanden... dreigt die naam in diskrediet te raken.' Ik was me bewust een vilein kat- en muisspel te spelen. 'En dat is niet de schuld van Mams.' Ik nam opzettelijk een ruime pauze. 'Bepaaldelijk niet,' zei ik er achter aan. Een ober zette twee borden soep voor onze neus. 'Als vrouw mag Mams er best wezen. Een dame.' Het klonk ronduit belachelijk. 'Maar voor zó'n vrouw is het niet leuk –zachtjes uitgedrukt– wanneer ze achter haar rug hoort roddelen over ene Van Luyk, haar man notabene, die... vreemde dingen uithaalt. Ja Paps,' voegde ik er snel aan toe om zijn aanzwellende woede te bezweren, 'ik kan het ook niet helpen. Je vraagt mij hoe het is – en ik geef je een eerlijk antwoord.' Hij was met stomheid geslagen. Een frontale aanval, waar hij niets tegenin wist te brengen. 'We gaan met z'n drieën op vakantie,' zei ik na een korte pauze. 'Naar Cannes.' Hij schrok op. 'Wie zijn: wij drieën?' Even dacht ik de waarheid te zeggen. Niet doen. 'O, meneer Lagaay Robbé, Mams en ik,' lanceerde ik koelweg. Paps liet zijn soeplepel kletterend op z'n bord vallen. '*Wie* zeg je?' Geen antwoord geven. 'Lekker bordje soep, Paps. Zo eet je ze alleen in Américain.' Dat *ze* heb ik altijd gehaat – maar nu kan Paps het op z'n boterham krijgen. Gek, hoe twee jenevers mij zo baldadig maken. De wijnkaart. 'Een beaujolais?' Paps kijkt dwars langs me. Een beaujolais ja. Wat mij betreft tien flessen, nu ik hier toch de Wiedergutmachung zit te versjteren. 'En... hoe gaat het met Mien de la Parra?' Even denken. 'Die heeft een prachtige aanbieding uit Hollywood. Moet de tweelingzuster van Bette Davis spelen in de nieuwe Hitchcock.' Paps snijdt nog altijd zijn vlees op dezelfde zorgvuldige manier; zonder allure maar met sinecure, was Mabels etiket daarvoor. Ik kijk vanuit mijn ooghoeken naar hem. Hij is ouder geworden. Onzekere blik, z'n haar wat onverzorgd en grijzer. 'Je bent een echte man aan het worden,' probeerde hij als een compliment op mij uit. Nee maar. Paps moest eens weten welk pikant persbulletin er onderweg is uit de hoek van Van Haeften. Hem bereikt het misschien niet meer; rustig idee. We hebben het over het bedrag van Mams voorlopige alimentatie gehad, hij vroeg me de naam van haar advocaat, en verder zaten we – god mag weten voor het éérst – zonder die constante dreiging van uitvallen. Waar zou die Rökk van hem nou uithangen? Bij het dessert dronken we een cognacje en opeens schoten me de tranen in de ogen. Ik moest aan Hans denken en waarom liefde altijd zo moeilijk verloopt. 'Heb je het zo te kwaad, jongen? Wij blijven toch hetzelfde voor elkaar voelen?' Ik knikte maar wat. Buien van tederheid uit Paps emotionele arsenaal ketsen bij mij automatisch af. Ik ben naar de wc. gerend, botste op die bezopen spiraaltrap tegen een goser die *hé hé* riep en piste vier liter van de zenuwen. In de wastafelspiegel zag ik een rood hoofd met verwarde, natte haren. Lost Generation 1 en Lost Generation 2 overbruggen de generatiekloof door het woordje *lost*. Bij het afscheid heb ik Paps voor het eerst sinds mijn kinderjaren een zoen gegeven. Ik was toeter, hij verbijsterd. Hoelang houdt een mens het uit met een petatdel?

Thuis zat Mams, glimmend van de nachtcrème, te wachten. De kamer stond blauw van de rook en ze was verschrikkelijk nerveus. Ze sprong op uit haar Queen Anne-stoel. 'Kind, je ziet er *niet* uit. Wat is er gebeurd?' Ik ging op tragisch en schudde alleen mijn hoofd. 'Onzin. Je kan je moeder alles vertellen.' Op een slijmerige, James Dean-achtige manier nam ik een sigaret uit haar koker, stak 'm aan en ging zuchtend zitten. 'Het was... het was een *geslaagd* diner, Mams.' (Ik kon me zelf wel verdrinken.) Ze keek me bezorgd aan. 'Het heeft je veel te veel aangepakt. Ik las het laatstleden nog in dat psychiatrische boek van dokter Schelfhout: de *kinderen* worden door een scheiding vaak het méést gedupeerd.' Ik kreunde iets onverstaanbaars. 'Wat heb je een rood hoofd. Jullie hebben zitten zuipen!' De Grote Achterdocht nestelde zich in Mams ogen. '*Zij* was er toch niet bij. Wat is er gebeurd, Ronald?' Ook dat nog. 'Ronald, zeg je Moeder de waarheid!' Door al die drank draaide mijn fantasie wel op volle toeren. 'Zij zat achter de kassa van Tuschinski, Mams. Ze had avonddienst.' De sigaret werd driftig uitgedrukt. 'Ja, maak jij er maar een blijspel van. Dat méns. Ze zat natuurlijk stiekem aan een ander tafeltje in Américain naar mijn zoon te loeren. Heb je d'r niet gezien? Je ként 'r toch?' Ik ging nu helemaal op de toer van 'Rebel without a cause', dat landerige, halfdronken gestamel van Dean, waar hij door zijn ouders uit de gevangenis gehaald wordt. 'Hmmm... wat bedoel je? Wat zeg je toch een rare dingen. Hmmm...' Mams stond opeens recht voor me. 'Ronald, je *bent* dronken!' Ik kreeg er intens plezier in. 'En... *hij*? Zag hij er slecht uit?' Net iets te gretig. 'Hmmm...' Een felle blik. 'Dat is geen antwoord, Ronald. Een zoon van zeventien antwoordt zijn moeder op een crucificiale vraag niet met hmmm...!' Nu die huilerige Dean-blik proberen. 'Ik vind je vocabulaire vanavond zo gek, Mams.

Is er iets met je?' Vulkaanuitbarsting. 'Is er iets met me? *Is er iets met me?* – Hier zit ik, moederziel alleen op zaterdagavond, in een grote stad vol bruisend leven. Wat er niet allemaal door je heen gaat... na twintig jaar huwelijksleven. For better and for worse.' – 'Achttien jaar, Mams.' – 'Goed. Achttien. Ding niet af op mijn geluk.' – 'Geluk...?' – 'Alles wat een vrouw maar kan meemaken: geluk, misère, twijfel... *Ik* heb het leven gekend.' Goeie. Mond houden. Weer die huilebalkblik proberen. 'Ik was eenzaam vanavond. Ik dacht aan alles wat ik heb doorgemaakt.' Eerste aanzet tot huilbui. Dát niet, in godsnaam. 'Mams, hij zag eruit als een ruïne, as-grauw.' Onmiddellijk opleven. 'Wat zeg je, Ronald? De waarheid.' Ik trok een meewarig gezicht. 'Nog nooit heb ik hem zo kleintjes gezien. Triest. Timi-de.' Waar haalde ik de woorden vandaan. 'Timide? Frits?' Mams leek tien jaar jonger, ondanks die krankzinnige nachtcrème. Ze popelde naar het vervolg van mijn bulletin. 'Hij is niet gelukkig. Je kon het merken aan ieder woord, aan die lege blik. Hij zag er verwaarloosd uit, was zelfs slecht geschoren.' Triomf. 'Dat loeder. Eerst een man wegrukken uit zijn gezin, en hem dan als een bedelaar de straat op laten gaan. Als de buit binnen is. – Ik legde *iedere* ochtend zijn scheergerei voor hem klaar.' Grove leugen. 'Zo, dus je Vader heeft wel een jasje uit-getrokken. Hij is wél een trapje afgedaald. Diep, diep, diep gezonken door dat méns.' Mams bekeek zich zelf in de spiegel van de toilettafel. 'Ik ben toch niet een vrouw om weg te gooien. Dacht ik zo. Soms, wanneer we door de stad lopen, fluistert Mien me opeens toe: "Je hebt weer Anschluss!" Ik weet dan van de prins geen kwaad. Zulke dingen mérk ik niet eens.' – 'Fout Mams.' – 'Wat bedoel je, ik was een gelukkig getrouwde vrouw, Ronald. Zie je míj sjansen?' – 'Was best gezond geweest, Mams.' Gespeelde verontwaardiging. 'Kind, je weet niet wat je zegt.' Ik keek haar quasi bestraffend aan. 'Jij had hem voor moeten zijn. Gewoon een leuk manspersoon over de vloer. Of één die alsmaar zogenaamd in het geheim opbelt. Ik geef je op een briefje dat Paps dan niet met die Tuschinski-del aan lager wal was geraakt.' Ik had het damesjargon al aardig te pakken. Mijn tekst kon ongecorrigeerd naar de 'Libelle'. 'Méén je dat?' Vorsende blik. 'Meen je dat werkelijk?' – 'Ja Mams, zo is het leven ook nog eens een keer; zo is het met de intermenselijke relaties, zullen we maar stellen, om in onze conversatie niet alsmaar naar het woord *del* af te glijden.' Mams griste een sigaret uit haar koker. 'Je weet dat ik nooit en te nimmer grof in de mond ben, maar voor dát soort vrouwen weet ik geen betere benaming.' De slaapkamer was langzamerhand rokerig als een bar. Ik had een barstende koppijn van al die drank en zette de balkondeuren open. 'Ik ga naar bed,' mompelde ik, weer James Dean-achtig naar een onbestemde verte starend. 'Arme jongen. Het moet je erg aangegrepen hebben. Als ik jóú niet had...' Een zoen van nachtcrème, alsof ik met mijn hoofd in een pudding viel. – In bed dacht ik aan Paps. Zou hij bij 'haar' terug zijn of nog alleen door de stad dolen? Onderuit mijn klerenkast viste ik mijn geheime jeneverfles, want ik was klaarwakker van die hele sob story. Kurkjen d'r af en flesjes aan de mond. Ik word later vast een geweldige alcoholist, dat komt van al die problemen in mijn jeugd.

16 JUNI. De kogel is door de kerk. Ik merkte het meteen toen ze thuiskwam. Mams had opeens weer dat wazige en mokkende waar ze nou net vanaf was. Geen antwoord geven op Hallo of Wat is er? maar staren, die godverdomse verre verre blik, waarbij Krishnamurti een myoop debieltje lijkt. Wanneer Mabel op die toer gaat word ik compleet razend: zo'n uur zwijgende film *vreet* aan je zenuwen. Vrouwen zijn erg berekenend, maar zo doorzichtig! Absoluut niet slim. Deze toestand moet ik even vastleggen. Ik zit gewoon op de bank, lees in Annie Schmidts 'Impressies van een simpele ziel' over dat mens bij de kapper, die een permanent neemt en zegt: 'De eerste slag wil ik graag in mijn gezicht hebben.' Goeie. Zo ontspannen als ik was, zo geladen komt Mabeltje de kamer binnen. Ze verrichtte, wat men noemt, een aantal onnutte handelingen, gefrutsel aan d'r nagels, driehonderd keer in de spiegel kijken, tasje open, tasje dicht, enzovoort. Ik

dacht: moed houden. Nu gaat het erom spannen. Ze stak een sigaret op, inhaleerde nerveus als een debutante op het smookcircuit, en vermeed het ostentatief mij aan te kijken. – En dan opeens zo'n blik van opzij, die zogenaamd *onopgemerkt* en flitsend moet zijn. Heen en weer terug. Herhalingsoefeningen in damestactiek. Ik hield het niet meer uit. 'Wat is er Mams?' vraag ik zo rustig mogelijk. 'Je doet zo... vreemd.' Stilte. Gepuf. 'Vind je dat soms vréémd?' – Moed houden. 'Jazeker.' Terwijl Mams naar de commode van oma Toet staarde, zei ze met een kikker in haar keel: 'Heb jij soms een... *ongezonde vriendschap* met Hans D.?' Heel triviaal, maar mijn hart bonsde. Moed houden. 'Wat haal je je nou in je hoofd?' (Die verdomde verklikker Van Haeften.) Diep ademhalen en haar recht in de ogen kijken. Dat hielp. 'Hoe kom je op het *idee*?' Ik deed er nog een schepje bovenop en presteerde het zelfs verbaasd te glimlachen, zij het met enig stijfsel vermengd. Mams vond de situatie genant. 'Laten we er maar niet meer over praten. Misschien heb ik me vergist.' Ze slikte iets weg en was aandoenlijk kleintjes in haar vrouwenleed. Ik stond op, gaf haar een zoen en zei: 'Onze club moet nog een uur hockeyen.' Ik heb voor mijn leeftijd een zware stem – het klonk dus heel mannelijk. Op het hockeyveld geen Hans. Natuurlijk ook verlinkt door Van Haeften. God weet hebben ze hem thuis in de kelder gesmeten, geketend en wel. Wij zijn getekend door Satan. Dat staat in de bijbel of een oud boekje, uit de tijd toen ze mensen als ons nog verbrandden. Moed houden.

17 JUNI. In de Van Baerlestraat Hans ontmoet. In alle staten. 'Ik word naar een internaat gestuurd!' riep hij vanaf zijn fiets. 'En ik mag je nooit meer zien.' Hij zag er boos en mooi uit. Ik fietste vlak naast hem, maar slaagde er niet in hem te ruiken. Ik ben enorm geurgevoelig. Het zweet van Hans is de lekkerste lucht die ik ken. Moed houden. In de hel komen we toch wel. Op het grasveld bij het Concertgebouw hebben we liggen praten. 'Ik ga dit jaar vroeg met vakantie,' deelde ik mee. 'Mijn moeder gaat een gezondheidskuur doen en ik moet mee.' Hans keek mij vragend aan. 'Vanwege je vader?' Ik knikte. 'Het lijkt me verdomd makkelijk om geen vader meer te hebben,' stelde hij vast. 'We moeten ons van het ouderlijk juk bevrijden,' zei ik. 'Hoe?' Daar wist ik in zijn geval geen antwoord op. 'Ik kan niet zonder je,' fluisterde ik geheimzinnig op dat zonnige grasveld. Overal lagen mensen. Hans kreeg tranen in zijn ogen.

18 JUNI. Vanmiddag op het Museumplein twee uur met Hans gepraat. We laten ons niet kisten. Elkaar voor eeuwig trouw gezworen. Ik mis hem al voordat ik op reis ben. 'Ik zal je iedere dag schrijven,' beloofde ik. Hebben een contactadres gevonden waar ik mijn post naar toe kan sturen. 'We

lijken wel Hans Lodeizen en zijn negervriendje in "Reis naar de Congo",' merkte ik op. Hans zweeg somber. 'Weet je wel dat die jongen allemaal leuke en geile dingen tegen Hans L. zei? *Ik zal je nooit verlaten. Ik zal je vermoorden als je me ontrouw bent* en zo.' Opeens begonnen we allebei te lachen. 'Ik zal je vermoorden als je me ontrouw bent,' siste Hans in mijn oor, en weer viel het me op hoe perfect zijn gebleekte blue jeans zat. 'You're the cream in my coffee,' fluisterde ik. 'Ik loop van huis weg,' zei Hans heel beslist. Die jongen heeft de langste wimpers die ik ooit bij een jongen gezien heb. Zijn tranen blijven er soms aan hangen.

19 JUNI. De eerste dag van onze reis zit erop. Het lijkt wel of Mams met de dag kippiger wordt: ze racede voorbij levensgrote verkeersborden, met een air of ze de Rally van Monte Carlo had gewonnen. En die dames maar kwekken. Ik voelde me heel eenzaam, keek alsmaar naar die twee foto's van Hans, die ik in mijn portefeuille heb opgeborgen. Ik vind hem geiler dan Elvis Presley. – Om halfzeven aangeland in het Hôtel du Cheval Blanc in Langres. Wel leuk, zo'n ouwe tent; hij bestaat al sinds zeventienhonderd-ende-zoveel. Het vreten was naatje pet, musseprikken. Na afloop had ik nog blatende honger. Op mijn kamer maar een flink nummertje soloseks gemaakt, de kieken van Hans op mijn kussen. Gelukkig heb ik de laatste fles wijn, die nog

halfvol was, van tafel meegeratst. Nu slapen, want morgen blaast Mabeltje om zeven uur reveille.

22 JUNI. Levend aangekomen in Cannes. Voor vrouwen achter het stuur moeten ze beslist reservaten gaan inrichten. Ik vermoed dat Mabel binnen twee dagen minstens veertien moeders met kinderwagens, een stuk of dertig ouden van dagen (moeilijk ter been en derhalve niet vlug met het oversteken) en een complete kippenfarm naar de andere wereld heeft geholpen. De Divine Mien had een stevige zakfles met spiritualiën in haar tas verborgen en verdween van Mons tot Cannes steeds meer in privaten. Het leek wel of ze racekak had. Ze werd zeer luidruchtig en begon al haar oude succesnummers te zingen, van Noël Coward, Ivor Novello en Charles Trenet, tussen haar solo's uitroepend dat alleen mietjes iets van showbusiness begrijpen. Ik weet niet of ik wel zo gelukkig met die opmerking was. Al die ouderwetse benamingen, daar moeten we toch eens wat aan doen. Ik had me verheugd op de tocht door het Estérel-gebergte, rode aarde and all that jazz, maar Mabel maakte er een dodenrit van: we hingen soms met twaalf wielen boven het ravijn. Commentaar en goede raad waren aan de kat z'n krozjnow verspild. Mien raakte in alle staten en galmde in wanhoop 'Afscheidsbrief van een lelijk meisje' en 'Aan de lus van lijn 2'. Nou, wij hingen aan niets anders dan de roekeloze kippigheid van

coureuse Mabel. Ik dacht: Hans ziet me nooit meer terug.

24 JUNI. Uitgerekend mij overkomen de gekste dingen. Afgelopen winter liepen Hans en ik soms 's avonds langs Keizersgracht 312, waar Bas van Bolten woont. We wilden wel eens zien hoe het daar toeging, na al die verhalen. Heimelijk hoopten we naar binnen gelokt te worden. Dat kwam door Mien, die vertelde over 'het ongehoord grote aantal vriendjes dat hij verslijt'. Machtig opwindend. Wanneer wij er voorbijliepen, brandde er niet eens licht op zijn kamer. Achteraf bekeken logisch, hij moest iedere avond spelen. – Gisteravond, aan de balie van Le Zouzibou, grote deining! Iets kleiner dan ik verwacht had, maar zéér herkenbaar: B.v.B. Hij stonk helemaal niet geparfumeerd en zag er jongensachtig uit in zijn witte spijkerpak. Mabel keek alsof ze een poepje rook, zo *enorm* bezorgd is ze voor het moreel van haar enige zoon. Mien daarentegen pakte uit met haar hele emotionele reservoir. Terwijl ze Bas onstuimig zoende, knipoogde hij over haar schouder naar mij. Wat nu?

25 JUNI. Vandaag hebben Bas en ik samen gezwommen. Wat kan die cat goed imiteren! La Mien, Conny, Ank en Mary passeerden de revue tot ik erin bleef. Toen we aan het pingpongen waren, hoorden we een Duits wijf aan het strand schreeuwen:

'Die Schwarze da, die klappert so ständig mit ihrer Gummibüste, schrecklich ja, es widert einem einfach an!' – De manier waarop Bas in zijn handdoek beet deed me aan Hans denken. In Amsterdam is het bewolkt, staat in de 'Nice Matin.'

26 JUNI. In één nacht drie jaar ouder geworden. En het begon zo onschuldig. (Dit lijkt wel een zin uit een meisjesboek.) Mien en Bas wilden ons meenemen naar Nice, voor een etentje. Bas bezit een tweepersoons MG-Sport; we moesten dus in het Dafje rijden, die Aftandse Freule. In het autospiegeltje zag ik hoe Mams 'steelse blikken wierp' naar Bas en mij. In het restaurant Chez Robert voelde ze aan haar water dat het verkeerd zat: al die knullen met oorringen en kettingen, één had er zelfs een panterpak aan, met een jasje zonder mouwen en getatoeëerde armen. Daarna gingen we naar een echte kit. De floorshow van ene Madame Edwige (een soort verklede zeeman) vond ik pet, ik hou niet van die dingen, en de Cocktails Maison maakten me *ziek*. Mabel ging van dat bocht totaal in de verpuining: het was maar goed dat Bas ons terugreed naar Cannes. Ik had na deze avond opeens een weerzin tegen al dat mietjesgedoe en overwoog in het klooster te gaan. – In mijn hotelkamer heb ik zeker een uur naar de zee zitten staren. Alles is ijdelheid. Mijn maag speelde op van die smerige Cocktails Maison. Ik moest die rotzooi kwijt. Spontaan stak ik een vinger

in mijn keel, zoals de oude Romeinen dat deden met een duiveveer (of pauweveer, weet ik veel). Ik zweette hevig en het rook niet bepaald fris. Ik zette de balkondeuren verder open en ging op bed liggen, met maar één lampje aan, want het licht verergerde mijn koppijn. Klop, klop. Heel discreet. Driemaal raden, ja hoor: mijn Prince Charming trad binnen. Nou ben ik na een partijtje maagkantelen niet direct in voor sociaal contact; ik wou alleen maar rust. 'Doe me een plezier en donder op,' zei ik niet erg vriendelijk. 'Het *stinkt* hier,' voegde ik er vergoelijkend aan toe. 'Ik heb gekotst.' Bas trok zich nergens wat van aan, ging in een hoekje zitten en vroeg of het mij hinderde wanneer hij een sigaret opstak. 'Een Cigarette Maison? Toe maar.' Boy, leuk gezelschap was ik bepaald niet. Ik voelde me absoluut superieur of beeldde ik me dat in, omdat ik wist dat Bas op mij peesde? Hij sprak geen woord. Als er iets is waar ik niet tegen kan, is het mensen die bij je inbreken, gaan zitten en dan zwijgen als een pop. 'Je moest maar es een internationale carrière maken,' merkte ik gemelijk op. Stomverbaasd keek hij naar mij. 'Wat bedoel je?' Ik werd alsmaar giftiger. 'Ik *bedoel* (mijn belerende toon leek bijna op die van Van Haeften) dat je dan over enkele jaren misschien in het kabinet van Madame Tussaud komt te staan.' Het sloeg werkelijk op niets. De rode punt van Bas zijn sigaret werd groter. 'Misschien krijg ik daar nog wel een betere toupet.' Hij gooide zijn peukje weg, het raam uit. 'En ik *sta* op een richtige Gummibüste,' voegde hij eraan toe. Ik probeerde niet te lachen, want dat zou overgave betekenen. Er ontsnapten kleine hikjes uit mijn bed, afgewisseld door hikjes uit zijn stoel. Het werd steeds erger. 'Je bent toch niet *dronken*, Mien!' imiteerde hij mijn moeder. Ik bromde onder mijn laken met de bas van La Divine: 'No Mabel, I'm only willing and able.' Binnen een seconde lag hij naakt naast me. Hij rook verdomd lekker, kruiderig. Zijn adem streek over mijn gezicht. Hij begon met mijn haar te spelen. Langzaam gleden zijn handen lager, over mijn rug, mijn billen, hij kroop met z'n kop tussen mijn benen, het volgende moment dwong hij me plat op mijn buik, dan liet hij me heen en weer rollen. Man, het was een complete worstelpartij, inclusief kietelen. Onverwacht snel haalden we de finish. We lagen uit te blazen, praatten nog wat, en daarna sliepen we in. Om drie uur beleefden we de tweede ronde en om vijf uur de derde. Wat was die cat heet! Om zeven uur waren we wakker, Bas rook nog steeds naar een kruidenwinkeltje – hij had waarschijnlijk zijn hele lichaam met dat spul ingesmeerd. Halfdoezelig lig ik naar mijn kamerdeur te staren, en opeens zie ik de kruk bewegen. Een kamermeisje? Een hoteldief? Nee hoor, Mabel in hoogst eigen, ongewenste persoon, zich verstrikkend in een totale psychische ontreddering nadat ze Bas en mij samen in bed aantrof. Je bent *nergens* op zo'n moment.

Ze keek me aan zonder te gillen, maar ik dacht: ze zit niet onder, maar boven de geluidsgordel, zo erg vindt ze het. Daarna sloot ze de deur weer, dramatisch langzaam – als van een sterfkamer of zo iets. Ik schrok, Bas schrok, en gek, opeens hoorde ik me zelf zeggen: 'Ik ben *helemaal* niet in voor scènes.' Tien seconden lagen we ontnuchterd naast elkaar. 'Good boy,' antwoordde Bas. 'Laat dit maar aan mij over. Ik heb wel voor hetere vuren gestaan.' We namen samen een douche, Bas haalde snel wat kleren en zijn Braun van kamer 306, hij liet me geen minuut alleen. Enorm fideel. Wij waren als eersten in de ontbijtzaal en bestelden vast koffie en croissants. Net toen ik mijn eerste kop op had – mijn hand beefde wel een beetje – trad Mams binnen, als een invalide bij de hand geleid door Mien. 'Dit wordt geen Feydeau, maar Strindberg,' mompelde Bas en trok glimlachend twee stoelen onder de tafel uit. Mams droeg een zonnebril, wat ontzettend aanstellerig stond. Mien goot haar vol met koffie. Opeens ontsnapte haar een vreemd, borrelend geluid, geen snik, geen boer, een nog niet in de grote Van Dale vermeld soort oprisping. '*Kind*,' fluisterde ze. 'Gut,' riep Mien energiek, 'Mabel, is dát nou niet wat *overdreven*? De jongen is niet gefusilleerd of zo iets.' Mams bleef ondoorgrondelijk achter die bezopen zonnebril. 'Bas!' sprak Mien op gedragen toon, 'zou jij niet beter eens naar een ander hotel uitkijken?' Ik wist dat ze het speelde, maar haar toon was loepzuiver. Ik zag Mams bijkomen. 'Bas, je bent te ver gegaan. Veel en veel te ver.' Ze zal zelden op een ochtendrepetitie zoveel vuur vertoond hebben. 'Het schaap,' fluisterde Mams. Iedereen keek voor zich. 'Hij heeft zich allerminst schaapachtig gedragen vannacht,' merkte Bas vriendelijk maar beslist op. 'Bas, ga niet te ver!' siste tante Mien waarschuwend. Een van die verdachte stiltes. 'Ronald, zou je je moeder niet eens...' Mien maakte een veelbeduidend gebaar. Wat? dacht ik. Hoe? In de verdediging gaan. 'Ik ben een schaap,' mompelde ik, zo zacht dat niemand het kon horen. Stilte. Bas kneep onder tafel in mijn hand. Man, wat was ik dit gedoe moe. Beu van dat gedram om excuses, godverdomme, ik ben zeventien. Het is wel goed zo. J'en ai du tabac, zoals de Fransen zeggen. Mag ik óók een ochtendhumeur hebben? 'Ik ben een hoer,' mompelde ik, nu alleen voor Bas hoorbaar. Hij beet snel in een croissant. 'Ik ben een clown, een schaap, een croissant,' zei ik, nu duidelijk hoorbaar. Mams keek me aan met ongeruste blik. Ze opende haar mond en sloot die weer. 'Jongen, wat heb je een beeldig marinebleu overhemd aan' – Mien knipoogde tegen me. 'Ach, toen we dát kochten...' fluisterde Mams als een zware patiënt. '... zat je in Amsterdam, waar het pijpestelen regende en treurde je om Frits. En nu is het *vakantie!*' besliste Mien met een logica die soms bij vrouwen zo weldadig onredelijk losbreekt. 'Ik wil... opheldering,' sprak Mams plotseling heel beslist. De koffie deed haar goed. 'Je moet niet over alles theoretiseren,' antwoordde Mien. 'Het leven is een schouwtoneel. En ieder krijgt zijn deel.' Ik hoorde hoe Bas op een rustige, uitermate beheerste manier Mams iets vertelde over Shakespeare, Michelangelo en van die andere homocats – maar opeens zag ik het trieste gezicht van Hans voor me. Ik kreeg een brok in mijn keel, ik dacht: naar de hel met Da Vinci, Tsjaikowski en Verlaine, en begon bijna te janken van verlangen. Of was het heimwee? Ik zette mijn zonnebril op. 'Godallemachtig! De hele familie Van Luyk zit in een stikdonkere ontbijtzaal te zonnebrillen. Jullie lijken Garbo wel,' riep Mien, de aandacht van alle aanwezigen op zich vestigend. Ik wilde naar huis, naar Mokum, naar Hans. Hij had nog niet al die geroutineerde liefdestrucjes van Bas uitgevonden, maar die schade zouden we snel genoeg inhalen. Toen we langs de tafeltjes op het terras liepen, zei een oud mens met oranje haar en tachtig ringen: 'Chéri, on revient toujours à son premier amour.' Zo iets is te gek om op te schrijven, het lijkt wel bedacht – al is het waar gebeurd. Ik houd het gewoon op *Amigo Hans*, de aanhef van de brief die ik hem straks zal schrijven. Dat er achter dat amigo oneindig veel meer zit, dat weten hij en ik alleen.

Notities uit het dagboek van
Mien de la Parra

ZONDAG, 13 JUNI. Het weer is rot, deze koffie on-drinkbaar en dat hoofd van mij wil maar niet wakker worden. Laat het nog maar dommelen, dan dringt die ijselijke geschiedenis van gisteren tenminste niet meteen in zijn volle omvang tot me door. Het was weer mis met Mien. Puur naturel in De Bijen-korf. Je had er de camera op kunnen zetten: de Grootse Val van een Grote Actrice. Ik liep over de delicatessenafdeling. Gejaagd en niet meer brood-nuchter. Bij het betalen liet ik eerst geld op de grond vallen. Dat rolde meters weg, ergens onder de toonbank, in ieder geval onvindbaar. Ik nam op-nieuw geld uit mijn portemonnaie, rekende af, riep te hard goeiemorgen terwijl het al vier uur in de middag was. Majestueus zeilde ik daar weg in de richting van de lift–en donder onderuit op die sa-distisch glad geboende vloer. Niets om me aan vast te grijpen. Ik smakte en lag daar in een miserabele onelegante houding. Mijn tas buiten bereik. Een doodmoe gevoel in mijn hoofd, stekende pijn in mijn knie... En wat zie je dan? Eerst de vloer. Dan de benen van de mensen die om je heen zijn komen staan. Dan: ogen vol verbazing... en het ergste van alles: medelijden. Geen bloemen, geen applaus. Een chef van de afdeling hielp me overeind, hij rook natuurlijk die dranklucht, ik zág hem denken: o, vandaar... Nou, daar stond ik dan. 'Het was niets,' zei ik. 'Ik liep te snel om de lift nog te halen. En de vloeren zijn hier zo glad.' Het werd even merkwaardig stil.

'Ze is het,' hoorde ik een vrouwenstem fluisteren. 'Ik dacht al: ze *moet* het zijn. Maar van dichtbij is ze toch... anders. Anders. Je herkent haar aan haar stem. Ja, op het toneel lijken ze altijd jonger.'

Het is weer mis met Mien, ging 't door mijn hoofd, mis met Mien. Ik stond in de lift als een verfrommeld wegwerpartikel. Zegt er zo'n knul: 'Is oma gevallen?' Rotjoch. Ik in alle staten. Thuisgekomen voelde ik me mooi waardeloos. Ik gooide mijn jas uit, trapte mijn schoenen in een hoek en zakte kreunend in de diepe kussens van mijn bank. Ik zag me zelf in de spiegel: een geduikelde actrice, een op de grond gedonderde etalagepop. Het beeld viel niet te retoucheren, zoveel was duidelijk. – Ik moet er niet aan denken. Ik móét van die vernederende herinnering af. Het beste is überhaupt niet meer te denken, vóór vanavond. Dan speel ik godzijdank voor de laatste keer die draak 'Maja, een vrouw van lichte zeden'. Toch doen die stukken het nog steeds. Het verhaal van de koningin van de walletjes, maar dan in Spanje. Hebben ze daar eigenlijk walletjes? Welnee. Doet er ook niet toe. – Deze Maja is niet bepaald een produkt van Shakespeare, maar het stuk heeft deze winter gelopen als een trein. Het volle leven, dat is wat de mensen willen, niet voor niets noemen ze geld het slijk der aarde – dan brengt het slijk der aarde ook geld op.

Ik geloof niet dat mijn dagboekgekrabbel iets met originaliteit te maken heeft, het is meer 't gedrens van een nog niet geheel wakkere zeurpiet. O wat een lelijke zin! Het is maar goed dat ik mijn eigen teksten niet hoef te schrijven. Hier ligt De Grote Ster in Bed. Ze zouden me met de guillotine moeten bedreigen om uit deze houten kop één originele gedachte te hameren. Ik verwaarloos me. Zegt men.

'Mien, zorg ervoor dat je in conditie blijft,' drukte Ko me laatst nog op 't hart. Ik antwoord: 'Conditie? Weet jij hoe Sarah Bernhardt speelde toen ze *tachtig* was? Met een houten poot (goede protheses hadden ze in die tijd nog niet) en duizend kwalen. Ze kreeg de zaal plat! Iedere avond!' Wat heet conditie. Ik ben Fanny Blankers-Koen niet of een van die andere melkdrinksters die kwinkelerend door het stadion rennen. Het idee alleen al. Maar niemand moet beweren dat ik iets niet meer kán – door mijn leeftijd. Ik ben pas hm-tig. En geen dag ouder. Al horen sommige critici als het ware de Oude Claeryn door mijn geniale tekstbehandeling klokken. Toch schreef Alingh Wieldeman in de 'Haagse Post': 'Ze vijlt vaak bijna pedant aan ieder woord. Geen actrice in dit land is zo intens met thema en variaties van haar tekst bezig als Mien de la Parra.' Is dat nou waar? Ik háát lange repetities. Ik speel op mijn gevoel, mijn intuïtie. Je hebt het of je hebt het niet. 'Ze speelt zich zelf op sublieme wijze.' Nou dan. Dat vind ik al heel wat. De meeste actreuses doen zelfs dát bedonderd.

Laten we dit vaststellen: ik ben mooi jong geweest, en nu onvoorstelbaar imposant middelbaar. Ouder word ik niet. 'Wat zou bij die karakterkop van jou *grijs* haar prachtig staan!' zei Elise onlangs.

Je zuster zal je bedoelen. Ze wíl me over de zestig duwen, ik weet het – dan komt er een hele serie vrouwenrollen voor haar vrij. Kijk, na mijn dood mag ze *alles* spelen, daar ben ik helemaal niet kinderachtig in. Maar tijdens mijn leven moeten ze niet de tekst uit mijn mond pikken als *raven*. Het leven is een schouwtoneel en ieder krijgt zijn deel. Op zijn of haar tijd. Na Esther de Boer-van Rijk heeft niemand meer zo'n Kniertje neergezet. Op een brancard ging ze de provincie in. Schminkdoos en breikous als onafscheidelijke attributen in haar koffertje. We zijn zigeuners, zwervers, kermisvolk. Het zout in de pap van de maatschappij. – Ik ben wel *uitgeteld* aan het eind van dit seizoen. Vanavond nog één keer: 'Ik ben de *vrouw*... Jij bent de *man.*'

Of het publiek *blind* is! Geen mens, levend of dood, heeft míj nog ooit voor een man versleten. Ik lust ze rauw. Ik drink ze onder de tafel. Gelukkig staat er in 'Maja' een meer dan levensgrote lantarenpaal – ik heb tenminste íéts om me niet te opzichtig aan vast te klampen. Het leeuwedeel van het stuk speel ik horizontaal, de ideale houding voor een walletjeskoningin. 'Op één been kan je niet lopen,' luidt het spreekwoord. Nou, ik soms op twee niet. – Jasses, wat heb ik toch trek in een haring. Komt natuurlijk door die kater. Gelukkig heeft Truus haar kraam hier verderop staan. Ik kan d'r incognito heen. Zonder wimpers of tralala. We beginnen elkaar al aardig te kennen. Maandag jongstleden stond ik met haar in het zonnetje te kletsen. 'Wat een heerlijk beschermd bestaan heb jij toch,' riep ik door de voorjaarswind. 'Beschermd? Hoe dat zo?' vroeg ze onverwacht heftig. Op zo'n toon reageer ik *toujours* in kapitalen. Dat heeft de oude Verkade me nog geleerd. 'Beschermd, welzeker!' herhaal ik fortissimo. 'Niet iedere avond op de planken met een loodzware rol voor duizenden kijkers. Datzo bedoel ik!' Die uitspraak stond bol van de grootspraak: 'Maja' speel ik nog slapend als het moet, en mijn theater kan nauwelijks zeshonderd man herbergen. Maar onze Truus was nog niet uitgeredeneerd. 'Beschermd? Geïsoleerd zult u bedoelen!' Haar stem snerpte over de zure bommen, ik schrok er waarachtig van. 'Ik sta hier maar in dat hok, van vroeg tot laat. Cellulair heb ik. Weet u hoe ik me zelf noem?' Ik schudde verbijsterd mijn hoofd. 'De witte non!' O God, weer een fan van Beppie Nooy, was het eerste dat er door mij heen schoot. Wie naar Bep komt, komt niet naar mij. Het beruchte Carré-publiek. 'De witte non?' doe ik verbaasd. 'Cellulair!' roept Truus, alsof ze op dat woord geabonneerd is. 'M'n goser is altijd op pad, hij drukt zich, voor de broodjes, de augurken, het zuur. Een man op vrije voeten, soms denk ik wel, op vrijersvoeten.' Ze snoof verachtelijk. 'En ik maar ijsberen binnen die ene vierkante meter!' Ze was gewoon over haar toeren. 'Meid, hang nou niet met je rozenkrans in de blubber,' waarschuwde ik haar spontaan, want ze boog zo ver voorover dat ze met haar kunstnijverheidskralen in de uien terechtkwam. Ik ontving een dodelijke blik. 'U hebt makkelijk praten, mevrouw De la Parra. U bent natuurlijk weer op weg naar het plein,' klonk het verwijtend. 'Om te werken,' sprak ik groots. 'Weet je hoe ze mij daar noemen? De Eerste Vrouw Van Het Plein.' Verbijsterd keek Truus me aan. 'Heb je ooit!' Ik lachte parelend fataal als in 'De vrouw die het noodlot tart', en riep: 'Américain! Here I come!' Achter me hoorde ik Truus nog mompelen: 'Ze mag dan beroemd zijn, een vreemd tiep blijft het.' Ik liep verder, sloeg mijn vos in de wind, en dacht: de witte non kan me nog meer vertellen; belachelijk, het leek net het eerste deel van een Noorse trilogie. – Over het noorden gesproken, Mabel heeft me overgehaald tot een reis naar het zuiden. De Azuren Kust. Overgehaald is een understatement – ik had sinds haar scheiding van Frits al op die uitnodiging zitten spinzen. Ik noem haar Ali Mentatie, want de verlaten vrouw van een staalmagnaat hoeft niet op een spijkertje meer of minder te kijken. Ze heeft een heel geraffineerde advocaat, zo eentje met een dubbele naam, die Frits wel eens even financieel in de dubbele nelson zal nemen. – Vaak observeer ik Ronald; hij doet erg verward de laatste tijd. Zou die jongen zijn vader zo missen? Dat kan toch. Wanneer ik eerlijk ben moet ik toegeven: Frits hád iets. Voor ons vrouwen hád ie iets. Voor te veel vrouwen, denk ik. Vandaar.

DINSDAG, 15 JUNI. Corrie helpt me met pakken. Ze is veel meer dan een kleedster, de jaren hebben een ijzeren band tussen ons gesmeed. Ze herinnert zich van alles. 'Ik zie u nog op een avond na de voorstelling met een aapjeskoetsier door de sneeuw dansen. "Ik wil gelukkig zijn" zong u, en het sneeuwde als in een Russische film.' Dat moet eeuwen geleden zijn, voor de oorlog. Tussen de koffers gezeten dacht ik aan vroeger. Vroeger. Het woord alleen al doet pijn.

WOENSDAG, 16 JUNI. Een vrouw alleen krijgt soms heel wat te stellen. Je wordt door de mensen ook anders bekeken. Met minder *respect*. – Vanmorgen grote heibel gemaakt met de drankboer. Die man wilde mij geen krediet meer geven. Wie denkt hij wel dat ik ben? Gelukkig was ons debat telefonisch, hij kon niet zien hoe ik eruitzag, en mijn *stem* heeft ook 's ochtends al allure. 'Tien flessen!' herhaalde ik gebiedend (we vertrekken pas overmorgen). 'En die spichtige loopjongen van je krijgt toujours bij mij een *gulden* fooi!' Door de telefoon hoorde ik wat ignobel gemompel, ik meende zelfs de term 'Krijg de kolere!' op te vangen. 'Die jongen moet bij u altoos drie zeer hoge trappen op,' sprak Richters met die habituele droefenis in zijn stem. 'Sterren wonen niet parterre!' riep ik op de toppen van mijn longen en knalde de hoorn op de haak. Heb daarna tomeloos liggen gillen om die zin. Slaat nérgens op. Wat een mens in zijn nood al niet uitkraamt.

VRIJDAG, 18 JUNI. Het voorbereiden van een reis maakt me hondsmelancholiek. Nog steeds. Gouden jaren heb ik gekend met Leo. Eigenlijk ben ik een vrouw voor één man. Sinds zijn dood heb ik dat begrepen. Diep in mijn hart ben ik verschrikkelijk ouderwets. Ik geloof nog in geluk (het woord schijnt door Sartre verboden te zijn) omdat ik het gekend heb. Al stond ik iedere avond met veren en pailletten op de planken, toch was ons huwelijk zuiver als het binnenste van een paasei. Romig en zoet, een idiote vergelijking natuurlijk. Mijn huis was een thuis. Ik zat soms als een kat te spinnen aan zijn voeten. Zo iets kan je niemand vertellen. Mijn herinneringen aan Leo kan ik met niemand delen. Ik probeer het ook niet. Er zijn avonden waarop ik denk zijn voetstappen op de trap te horen. Zijn sleutel in de deur. Zijn rokershoest in de gang. Mijn hart gaat dan sneller kloppen. Even, voor misschien twintig seconden, is die verwachting van vroeger er weer, die plotselinge blijdschap, alsof je hart als een spons in je middenrif opzwelt. Onwillekeurig strijk je door je haar, werp je een blik in de spiegel. De deur blijft dicht. Je ziet je gezicht verstrakken; je observeert je eigen wanhoop, zo wreed ben je wel, dat heeft het vak je geleerd. Ik word niet wijzer. Nog steeds overkomen mij die momenten. Op straat lopend denk ik opeens: daar, in de verte, die gabardine regenjas met die brede schouders. Onwillekeurig versnel ik mijn pas, gaat dat onwijze hart van mij weer sneller kloppen, struikel ik bijna om hem in te halen – totdat ik besef dat ik spoken zie. En dat duurt nu al zeven jaar. De tijd heelt alle wonden? Vergeet het maar. De tijd scheept je op met steeds meer emotionele bagage totdat je je beklemd voelt door al die koffers om je heen. Je maakt ze niet open. Je weet dat de inhoud als een verstikkende walm op je toe zal komen. Niemand zeg ik dit, de mensen willen een vrolijke Mien, een jolige Mien – en die tragische vrouw, die willen ze alleen op het podium zien, heel indrukwekkend, maar in godsnaam niet bij hen thuis. Vertel mij wat. De kranten schrijven vaak over die *dramatische* kop van mij. Le style c'est l'homme – la figure c'est la femme. Denken de mensen soms dat je zo'n kop cadeau krijgt?

Zijn ze nou werkelijk zo naïef?–Ik was al een triest kind toen ik met mijn vader op de kermissen speelde. Mooi zeiden ze, maar triest. Ik speelde het weg. Maar het was sterker dan mij zelf. Thuis was het niet anders. O, ik herinner me nog als de dag van gisteren hoe een vriend van Papa Dolf mij hoorde zingen, terwijl ze voor het hek stonden te praten.

'Welk een mysterieuze alt houd jij in je huis verborgen?' informeerde hij met een knipoog. Mijn vader antwoordde niet, nam hem mee naar onze woonkamer en wees op mij. Stomverbaasd staarde die vriend mij aan. Hij wees naar mij. 'Hoe oud is *dit* (met die grootse omschrijving werd *ik* bedoeld), zeg eens eerlijk, hoe oud is dit helemaal?' Papa Dolf straalde op zulke momenten. 'Zestien,' zei hij. Die vriend van hem wilde het niet geloven. 'Is dát je dochter? Ik dacht een vrouw te horen, zo eentje met levenservaring en al heel wat achter de rug–en wat zie ik? Een hummel (nou ja!) die nauwelijks boven de muziekstandaard uit komt.'–Ik was, zoals gewoonlijk, verlegen. Wás? Ben. Dat heb ik nooit overwonnen. Het publiek spreekt over mijn bravoure, mijn zelfbewustheid. Hoe slecht kennen ze me. Soms, wanneer ik voor een party ben uitgenodigd loop ik wel een halfuur voor het bewuste adres heen en weer moed te verzamelen om naar binnen te gaan. Weer een kamer met starende, indiscrete mensen. 'Wat was uw *Medea* mooi': *nooit gespeeld!* 'Wij hebben zo genoten van uw *Badeloch*':

nooit gespeeld! 'Welke van de Drie Zusters was u ook al weer?' Beleefd gezicht opzetten. 'Geen van de drie, mevrouw. Daarvoor moet u bij Ank, Ellen of Mimi zijn. Ik speel geen Tsjechov, alleen cabaret en boulevardtoneel.' Ik zou maandenlang door een machtig eenzaam bos willen lopen. De geur van dennen opsnuiven, zoals vroeger. Een hert door de bomen zien, zoals vroeger. Gewoon met Leo pannekoeken eten bij een tentje op de Veluwe, zoals vroeger. Ik voel me klein en moe. Niemand dan ik weet beter dat ik na de dood van Leo een karikatuur van me zelf ben geworden. 'Tranen, wie heeft er nog tranen?' zingt Sonneveld. Nou ik. Hier en nu. En dan die slapeloosheid. In het donker liggen, lamp aansteken, lezen, moe worden, boek wegleggen, lamp uitdoen, en toch niet kunnen slapen. Soms grijp ik midden in de nacht naar de telefoon om maar met iemand te kunnen praten. Met wie doet er niet toe. – Ze hebben zelfs gedreigd mijn telefoon af te sluiten. Er zijn klachten binnengekomen. Ik ben hinderlijk. – Koffers pakken doet me denken aan het verleden. Het is onherroepelijk voorbij. Heb ik wel bewust geleefd? zo iets vraagt een mens zich altijd af wanneer het geluk voorbij is. Gewoon koffers pakken. Niet denken aan het verleden. Ik kijk niet op de klok. Aan het brutale daglicht zie ik dat het nog te vroeg is. En wanneer ik in de spiegel kijk, zie ik dat het te laat is.

ZATERDAG, 19 JUNI. De autotocht door België hield ik het nog uit, maar aan de Franse grens, in een van die gore toiletten, heb ik me volgetankt. Die zakflacon is onontbéérlijk. Natuurlijk kreeg ik een pegel. Heb mijn chlorofyltabletten vergeten. Mabel keek misprijzend, op een manier zoals heel ouderwetse actrices dat doen, prijsklasse Lola Cornero. 'Schatje, ik word altijd zo verschrikkelijk wagenziek in een Daf, en daartegen helpt maar één remedie,' mompelde ik, al een beetje zweverig over het landschap starend. 'Denk aan Ronald!' siste Mabel met een perfecte stagewhisper, die je op drie mijlen afstand kon horen. Om vijf uur was de auto van binnen explosief. Om zeven uur wist ik nauwelijks meer waar we waren. Langres. Een pittoresk oud stadje, noemde Mabel het, maar ik zou er voor geen goud willen optreden, laat staan wonen. De tristesse van de Franse provincie: buiten Parijs en de Côte is het land totaal onbewoonbaar.

Nu zit ik alleen in mijn hotelkamer. Reis naar het einde van de nacht. *Ik kijk niet in die spiegel*. Mijn matras is een vod uit de tijd van Napoleon. Hoe kom ik in godsnaam in slaap?–Ik kan desnoods brandstichten in dit hotel, dan hoeven we helemaal niet naar bed.

WOENSDAG, 23 JUNI. Het is volbracht. Ondanks Mabel leven we nog. We zijn minstens tien keer *dood* geweest. Ik zag de krantekoppen al voor me:

'Mien de la Parra verongelukt in de Estérel. Groot verlies voor onze nationale humpuldepump.' Geloof jij het, geloof ik het. Magda zou verrukt mijn rollen overnemen, en Wim Ibo had weer stof voor een ontroerend herdenkingsprogramma. O, hij doet zulke dingen prima: sober en niet te sentimenteel. Voorlopig zal hij er toch nog even mee moeten wachten. Ik begin net weer een beetje mens te worden in dit klimaat. Voel me anders. Bevrijd?

DONDERDAG, 24 JUNI. De wonderen zijn de wereld nog niet uit, dit kan je gewoon geen toeval meer noemen: Bas van Bolten is in ons hotel afgestapt. Omhelzingen als na een première. Hebben meteen samen in de 'Spartacus Guide' geneusd om uit te vinden met welk nichtenrestaurant we Mabel kunnen choqueren. Zijn we nu werkelijk zo slecht? Door en door, was het commentaar van Bas. Reddeloos verdorven. Wél een opwindend idee – was het maar waar! In wezen heb ik níéts van de fatale vrouw; ik ben een mens dat door hard ploeteren probeert haar kop boven water te houden.

MAANDAG, 28 JUNI. Geen rustig moment beleefd sinds de komst van wervelwind Bas. Het geraffineerde loeder heeft z'n poten weer niet thuis kunnen houden. Maar laat ik bij het begin beginnen. Vrijdag hebben we een trip naar Nice gemaakt om te eten in het restaurantje of keldertje (ik herinner me dat ik enkele treden afduikelde en werd opgevangen door een Italiaans sprekend Stuk met oorringen en veel spierwerk) Chez Robert.

De godganse dag stond er een zenuwtergende mistral, iedereen was er onrustig van. Toen we voorbij Antibes langs de Azuren Kust slingerden in die vervloekte Daf, kreeg ik zwaar het vermoeden dat 't achterin niet pluis was. Je kan in een autospiegeltje niet alles zien, héél jammer, daar moeten ze toch eens wat op vinden. Ik vermoedde, nee wist wel zeker, dat Bas Ronald knietjes zat te geven. Er gebeurde nog wel meer ook. Mabel had niets door, en dat kwam voornamelijk door de stroom van *geniale* invallen die ik haar toeriep. 'Zie je die palmen, Mabel dear? O, wat exotisch!' In werkelijkheid zijn die krengen totaal verpieterd door de benzinedamp of de slechte verzorging. Géén decorontwerper zou bij mij met zulke misbaksels moeten aankomen. 'Nee maar – *deze* zee is pas echt blauw, diep ultramarijn, wat een weelde voor 't oog!' Nonsens. Het water was zo grauw als de Amstel en dan nog met van die dreigende mistralkoppen erop. – Na enkele kop- en kontstoten van haar voiture parkeerde Mabel bij Negresco. Waar we ook een plaatsje op een terras zochten: wind, wind, wind. De markiezen kraakten en onze sorbets vlogen de lucht in. Ronald zag er verward uit en Bas zong, gelukkig alleen voor mij hoorbaar door de gierende wind, de song 'Sper-my towels', door meneer hoogstpersoonlijk gemaakt op de melodie van 'Stormy weather'. Ik woof alsmaar met een sjaal in zijn richting dat hij op moest houden, de pestkop.

Bij onze binnenkomst in Chez Robert keek Mabel om zich heen als een kind dat de martelkamer van de Gevangenpoort betreedt. Algehele verbijstering. Ze staarde van de ene muurtekening naar de andere. Jongens met broeken vol bananen, jongens in minislipjes: te bar.

'Een foto met opdracht van Jean Marais!' wees Bas haar. 'En daar een van Jean Cocteau.' Dat dank je de koekoek: Castor en Pollux. Natuurlijk weet Robert wat koken is: om halfelf stonden we weer buiten als vier knoflookpilaren, ik voelde al drie dagen maagzuur bij me opkomen. Bas besliste: 'Nu gaan we naar La Goulue.' Hij nam het stuur van Mabel over, die veel te angeheitert was, en reed ons foutloos naar het 'foute' adres. Chez Robert was nog een kerk vergeleken bij deze kit. Alle jongens met glitter op de ogen of halfnaakt in het leer. Daar stonden wij, provinciaaltjes uit Amsterdam. 'Is deze... gelegenheid... niet vreselijk... duur?' probeerde Mabel nog schijnheilig de zaak te redden.

'Ik betaal,' stelde Bas haar gerust. Gerust? Niet voor lang. We vielen midden in een travestieshow: verklede knullen met ridicule pruiken dansten en ééntje deed zijn mond seniel open en dicht zonder dat er geluid uit kwam, terwijl Edith Piaf op de tape zong 'Un monsieur me suit dans la rue'. Het was me de vertoning wel. Geen mens die mij ooit heeft gezien (on or off stage) zal durven beweren dat ik niet een *expert* ben in heupwiegen – maar zelfs op de dolste momenten schiet er nog door me heen: koele chic! Koele chic! – Nou, deze knapen hadden er niet aan geroken! Als klap op de vuurpijl kwam Madame Edwige met een kreet van herkenning op Bas toe. 'Mon chou! O, you Dahling!' riep ze met het timbre van een zware bariton en omhelsde Bas rinkelend als een arreslee. Die arme Ronald, hij zat erbij als een kleuter die voor het eerst Sinterklaas in levenden lijve aanschouwt. Madame Edwige gooide speels anekdotes over zijn voormalige vrouw, zijn zoons en zijn periode als gewichtheffer in de conversatietombola. Mabel zakte in de vernieling, het was te veel voor haar. Van tijd tot tijd offreerde Bas haar een Cocktail Maison, het ergste bocht dat ik ooit heb gedronken. Bij de vijfde bevond ze zich beneden alle bewustzijnslagen, ze was zo te zeggen panklaar voor de brancard. Bas, die lepe slang, dronk maar heel matig. Alcohol vermindert de potentie, dat heeft ie me zelf verteld. – In de buitenlucht hervond ik de oude Mien. We reden door een sprookjesachtig mooie nacht terug naar Cannes; Ronald zat naast me. Die jongen was zo aanhankelijk, helemaal de kluts (*zijn* kluts?) kwijt.

In Le Zouzibou ging iedereen snel naar zijn eigen kamer. Voor hoelang? vroeg ik me wel af. Nog even staarde ik vanaf mijn balkonnetje naar de zee en het firmament. Nietige schepsels zijn we – en alleen op zo'n verheven ogenblik kan je met je innerlijk bloot staan. Mijn ogen stonden opeens vol tranen. Spelen we niet allemaal in travestie? Stelletje stakkers, dat Grote Mensdom dat met zijn wijsheid honderd delen van de Winkler Prins weet te vullen. Wát weten we nou eigenlijk? Iemand moet me toch het verschil tussen het leven en een kermis nog eens uitleggen. Maakt het een jota uit of we in een draaimolen zitten of in een auto? In een gewone of in een lachspiegel kijken? Het is toch allemaal even treurig, vooral wanneer je alleen bent en er niet om lachen kunt met iemand van wie je houdt. Ik huil niet, o nee, dat papier is een beetje vlekkerig. De letters dansen wel voor mijn ogen. Ik heb het koud. Ik moet niet meer denken en naar bed. Waar zijn de mogadons? Farmaceutische voorproefjes van de algehele vergetelheid. Daar ben ik nog ver vanaf, geen mens laat míj ooit met rust. Iedereen schijnt te denken dat ik de oplossing voor het raadsel weet. Welk raadsel?

Op twee mogadons slaap ik redelijk. Ik was dan ook nog totaal verdoofd toen Mabel de volgende ochtend om *halfacht* mijn kamer binnenstormde, notabene met een zakdoekje voor haar mond. Sinds het afscheid van Rika Hopper had ik dat soort werk niet meer gezien: het was helemaal een sob story oude stijl, zeg maar rustig een draak, maar nu gespeeld door een dilettante. Ik lag daar op dat onmenselijke uur en kon maar niet goed wakker worden. Die verdomde pillen ook. 'Staat het hotel in brand?' kon ik net uitbrengen. Mabel begon aan me te schudden. 'Er is iets vreselijks gebeurd!' schreeuwde ze, volkomen over haar theewater. Opeens ging er in dat ouwe, zieke, dronken, gedrogeerde en ongeschminkte hoofd van mij een bel rinkelen. 'Met wie?' vroeg ik, eigenlijk volkomen overbodig. Ik had zo mijn vermoedens, want de beelden van de vorige avond vielen als stukjes van een puzzel in elkaar. 'Er is iets vreselijks gebeurd... met Ronald,' snikte Mabel, met een overdreven misbaar waarvoor ik haar op de toneelschool een standje zou hebben gegeven. Ik piekerde me suf om een passende tekst te vinden. 'Is hij... ziek?' vroeg ik en probeerde warme belangstelling in mijn stem te leggen. Er volgde een gevaarlijke stilte. Mabel haalde diep adem. 'Ronald is *verkracht*.' Haar stem had zo'n komische tremolo, in 'Pension Hommeles' van Annie M. G. Schmidt was dit een vondst geweest. Ik wist niet wat ik moest antwoorden. 'Ik heb ze in bed aangetroffen, en flagrant délit: Bas en mijn Ronald. O, ik had het kunnen weten – ik hád het kunnen weten.' herhaalde Mabel overstuur. Ik was wél op slag wakker, Bas, die fielt, had 't hem dus toch geflikt. Tegenspreken, was mijn eerste reactie. 'Mabel, je *fantaseert!*' riep ik met een uitgeloogde keel. 'Je haalt je muizenissen in je hoofd... en geef me in godsnaam een glas water.' Dociel liep ze naar de wastafel met iets zeer gebrokens in haar houding, dat ik gefascineerd in me opnam. 'Wat een drukte voor niets, ze lagen natuurlijk alleen maar gezellig te praten,' zei ik op een kalmerende toon. Nu begon Mabel te gieren met van die onvermijdelijke lange uithalen. Ik zuchtte, het werd me echt te veel na acht van die afgrijselijke Cocktails Maison en twee mogadons.

'Het laken... bewóóg,' fluisterde Mabel, alsof er een fantoom in de weer was geweest. Ik maakte een wegwuivend gebaar.

'Welke lakens bewegen niet, alle lakens op de wereld bewegen wanneer er mensen onder liggen, wat zullen we nou hebben, er lagen toch geen lijken in dat bed? Wees redelijk: Ronald en Bas zaten in de vroege ochtend met elkaar te praten. Gewoon: jongens onder elkaar.' Een grotere stommiteit had ik niet kunnen debiteren, want dat is nou juist de titelvertaling van het nichtenstuk 'The boys in the band', dat het afgelopen seizoen zo'n uitbundig succes had. Het tuberculeuze snikken en hikken van Mabel werd ronduit tumultueus. Radeloos zag ik om me heen. Ik had iemand kunnen vermoorden voor een kop zwarte koffie. – Het ontbijt met zijn vieren was een perfecte *zwarte* komedie, en die zijn het moeilijkst om te spelen. Ik heb Mabel ongeveer naar haar stoel moeten dragen; ze was geblindeerd door een vlindervormige zwarte bril, zo'n Dior-fok, volkomen misplaatst op dit uur, het leek wel of ze uit het ooglijdersgasthuis kwam.

De jongens zagen er vitaal en blozend uit, ik had

ze wel kunnen *slaan* om hun jeugd. Was het niet Jan Hanlo die schreef: 'De tijd van de jeugd, de tijd van de schoonheid'? O, hoe waar. Ik dacht weer aan vroeger. Alle verwachtingen die ik had, alle dromen, alle verlangens. Wat is ervan gebleven? Waar ben ik zelf gebleven? Een verloren, ouder wordend mens, dat haar gevoelens van verlatenheid en volstrekte nutteloosheid des levens wegspeelt met een scabreuze of oubollige joligheid waar ieder weldenkend mens dwars doorheen moet kijken. Ik weet niet wat ik meer was: ongelukkig of jaloers, wanneer ik naar die twee stralende jongensgezichten keek. Ja, zelfs Bas leek jong. – Ik beheerste me en ging op de toer van verontwaardiging. Een pingpongspel met de grote verleider, waar Mabel zichtbaar van opknapte. Bas was niet uit het veld te slaan, bleef verschrikkelijk *heer* (dat kan zelfs Mabel niet ontgaan zijn); hij sprak rustig over het privé-leven van Plato, Leonardo da Vinci en andere historische nichten, een soort N V S H-ochtendpraatje waar ik wat scheel van ging kijken. Mabel riep terecht dat zij in seksueel opzicht *niets* maar dan ook *niets* met Shakespeare of Verlaine te maken had, en om het onderwerp wat meer actuele kracht te geven riep ik enkele keren tussen hun conversatie door: 'Sonneveld! Sonneveld!' want ik weet dat Mabel nog altijd wat graag als Catootje verkleed met hem naar de botermarkt zou willen gaan. 'Sonneveld? Maar die is toch met Conny Stuart?' stamelde Mabel. 'Ben je mal, schatje,' riep ik bemoederend, 'hij is net zo min met Conny Stuart als ik met de Hertog van Windsor!' Mabel staarde verbaasd en nog steeds Dior-verblind over haar kopje koffie. 'Ik krijg het gevoel dat ik niets meer van dit leven begrijp,' sprak ze aarzelend. Ronald en Bas wisselden een snelle knipoog. Langzaam werd de zwarte komedie een beetje wit. Begrijpen? dacht ik. Hoe ouder je wordt, hoe meer je achterblijft met raadsels. Misschien *begin* je dit leven met een aantal zekerheden, over je carrière, je levenspartner, illusies in de stijl van damesweekbladen. Vermeende zekerheden. Als je geluk hebt, mag je de weg naar de top afleggen. Met vallen en opstaan. Maar je bereikt hem. Room at the top. Even sta je daar, wuivend en wimpelend als een vlag waar iedereen naar kijkt. Dan komen er scheuren in het linnen, je verweert en wordt halfstok gehesen. Overblijft in mijn situatie: een vrouw die gejaagd en niet meer broodnuchter door de Bijenkorf loopt en nog valt ook. Die een vertoning van zich zelf maakt. Die Oma genoemd wordt zonder zelfs maar kinderen te hebben. Die liever niet meer in de spiegel kijkt. Zie Mabel, Bas en Ronald daar zitten, dacht ik. Ze hebben alle drie hun eigen waarheid, maar de mijne kennen ze niet. Ik heb met een aapjeskoetsier gedanst in de sneeuw op het Thorbeckeplein, zingend 'Ik wil gelukkig zijn'. Duizenden hebben me dat nagezongen. Zijn ze het geworden? 'Het geluk duurt zo lang als het roken van een sigaret', was een chanson van Eva Busch. Daar heb ik weinig aan toe te voegen. – Laten we de zaken maar eens op een rijtje zetten: Mabel is binnen drie dagen omgeturnd en wordt een joyeuse nichtenmoeder, ze heeft er alle kwaliteiten voor. Bas, ach Bas blijft de 'grote verleider met de steeds groter wordende toupet en het kleine hartje' totdat hij als een gerimpeld mannetje zijn nadagen in Menton zal slijten, sleutelend aan zijn onleesbare memoires. En Ronald is de enige van ons allen die nog eerlijk verward kan zijn, verward door de lokkende glimlach aan de top van de ladder, door dat peilloze gevoel dat geluk heet, hij denkt dat hij het bereiken kan maar weet alleen nog niet welke weg hij moet kiezen. Ik heb naar hem gekeken met een onbeschaamde gretigheid, vanmorgen, en ik heb hem benijd. 'De tijd van de jeugd, de tijd van de schoonheid', dat zijn regels waar ik altijd weer door ontroerd word. Met pijn, ja, laat ik het maar eerlijk toegeven: met tranen in mijn ogen over alles wat voorbij is.

Im Wühlmäuschen

'Soms geloof ik dat je het erom doet,' merkt Oskar quasi geïrriteerd op, onze koffer uitpakkend. 'Hotel Fürst Bismarck. Kan het nog Duitser?'

'Dit hotel is niet eens duur,' werp ik tegen. 'Zeker niet voor de Kirchenallee in Hamburg. Centraal gelegen, en een nette buurt.'

'Ganz nett,' beaamt Günter K., die met ons is meegereden. Hij heeft tijdens de wat scholieren noemen krokusvakantie zijn intrek bij ons genomen, is enkele weken gebleven om te helpen met onze verbouwing en reist nu over Hamburg terug naar Berlijn.

'Waarom hebben we niet gewacht tot mei,' vraagt Oskar, 'met kans op goed weer om veel buiten te lopen.' Ik antwoord met een hulpeloos gebaar. Je kan hetzelfde toch niet honderd keer uitleggen.

'In mei treedt *dat mens* hier niet meer op. Natuurlijk. Ik ben niet helemaal gek.' Oskar pauzeert een moment.

'Jíj gaat met Günter naar die Ufa-ruïne kijken –als ik maar niet mee hoef. Een hele avond rondhangen in zo'n duffe Kneipe om de zwanezang bij te wonen van *die bas met buste*, nee, dat is werkelijk te veel van mij gevraagd. Ik ga musea bezoeken. En kerken.'

Driftig pakt hij een folder 'Shopping in Hamburg' en zoekt naar een lijst van bezienswaardigheden. Hij leest demonstratief en niet zonder zelf-spot: 'Sankt-Jacobi-Kirche, Sankt-Katharinen-Kirche, Sankt-Michaelis-Kirche...'

'Mensch! Wat zal jij vroom worden,' oordeelt Günter. Hij speelt met de veters van een van zijn baseballschoenen, heeft zijn linkerknie opgetrokken en staart, met zijn kin op zijn bovenbeen, Oskar aan. 'Voor ieder altaar moet je knielen, vergeet dat niet.'

Oskar zucht. 'Jullie zijn nooit serieus. Jaap niet. Günter niet. Waar jullie op uit zijn, daar heb ik zo langzamerhand mijn buik van vol. – Vroeger, vroeger was het heel anders.'

'Wat bedoel je met vroeger,' vraag ik.

'De jaren vijftig,' antwoordt Oskar. 'We zaten in Parijs, liepen alle tentoonstellingen af van Matisse, Léger, Poliakoff. Op de boulevard Saint-Germain kocht je bundels van Eluard, Michaux, heb je zelfs staan praten met Jean Genet. We maakten foto's van het huis van Julien Green in de rue de Varenne.' Oskar zit nu rotsvast in zijn rol van – zo niet geboren, dan toch getogen – francofiel. 'Het lijkt wel of we weer terug zijn in onze puberteit. De jaren veertig. Ja. Er heisst Waldemar.'

Günter gaat iets te geamuseerd kijkend op bed liggen.

'Och jij!' roept Oskar, die niet tegen woordenloze kritiek kan.

'Mach schon weiter,' mompelt Günter.

'Ik maak niets weiter,' repliceert Oskar. 'Ik heb jullie hierheen gereden, een foutloos parcours van Den Haag naar Hotel Fürst Bismarck aan de Kirchenallee. Voor de rest vinden jullie tweeën het zelf maar uit. – Kerken en musea.' Hij deponeert vier Cardin-overhemden in de kast.

'Ik wed dat je best een paspoort voor de hemel verovert zonder hemd van Cardin. Men is daarboven zeer gesteld op eenvoudige kleding. En van Dior-after shave moet Petrus altijd niezen.'

Als reactie op deze tekst wordt onze koffer in een hoek gekwakt.

'Nergens op de hele wereld vind je lelijker meubels dan in Duitse hotelkamers. Moet je zo'n tafelblad eens zien. Die vreemde inkeping. Een mislukte Arp lijkt het wel.'

'Een wát?' informeert Günter. Hij wacht niet eens op het antwoord. 'Jullie hebben hier een douche!' roept hij, onze badkamer inspecterend. 'Moet je dat hok van mij zien. Zo'n bed.' Hij wijst de omvang van een soldatenbrits aan. 'Eén raam en alleen een wastafel. Dat is alles.'

Onrustig loopt hij heen en weer.

'En ik ben nog wel zo bezweet.'

Alvorens onze reactie af te wachten kleedt hij zich uit en laat onder de waterstralen een Teutoons gegorgel horen, afgewisseld door kreten als *Er heisst Waldemarrr* en *Wunderbarrr.*

'Ben ík blij dat ik vanavond niet met jullie mee hoef.'

Ik meen een zeker berouw over zijn aanvankelijk genomen beslissing in Oskars stem te horen.

'Ze is nu heel oud. Loopt waarschijnlijk op krukken en zingt nog valser dan Edith Piaf twee maanden voor haar dood. Nee, je moet je er echt niets van voorstellen.'

'En je wilt nog tot *dat mens* doordringen ook. Lukt je vast niet. Ze heeft natuurlijk een bodyguard van twee meter, die je de weg tot haar kleedkamer verspert. Weet je nog hoe moeilijk het was in het Concertgebouw?'

'Drommen handtekeningenjagers, maar de deur bleef op slot.'

'Dat was haar grote tijd,' merkt Günter op.

'Nog maar drie jaar geleden. En die rel was in Amsterdam. Hier in moffrika kan je pas goed beleven wat heldenverering is. Die Hunnen blijven haar aanbidden totdat ze in haar kist ligt.'

'Nou overdrijf je,' antwoord ik zonder overtuiging.

'Moet je horen hoe ze hier nú nog praten over Bismarck, die legendarische en machtige Fürst Bismarck. Over zijn Kneippsche kuren in Bad Ems en zijn grandioze redevoeringen op de Rijksdag.'

'Zo?'

'Nog geen uur geleden heb ik het meegemaakt. Jullie waren met de koffers naar boven gegaan en ik parkeer onze auto op een betere plaats. Ik kom het hotel weer binnen en passeer de balie. Boven een monstrueus bankstel hangt een grote foto van die stokouwe heerszuchtige heibelmaker. Enorme wallen onder zijn ogen en–als bij Hindenburg–die overdadige walrussnor. Toen ik even bleef kijken rende de portier al op mij af. "U weet toch wie Bismarck was?" vroeg hij hongerig. Ik knikte. Die man stond stijf van bewondering. "Is het u bekend wat Willy Brandt over Bismarck gezegd heeft?" vroeg ik. Die vent voelde nattigheid. "Brandt heeft Bismarck een ramp genoemd voor de democratische ontwikkeling van Duitsland." De daaropvolgende stilte werd alleen doorbroken door het astmatische hijgen van de portier. Hij begon te stotteren. "Brandt heeft zo iets beweerd? Onmogelijk. Stel u voor: Bismarck is een held geweest, en bovendien een superbrein. Eerst was hij gezant in Petersburg en Parijs, later de scherpe kop die onze conflicten met Oostenrijk heeft opgelost. In 1870–1871 was hij de man die Duitsland naar een verovering stuwde in de oorlog tegen de Fransen." Kortom: de Churchill van de Hunnen gedurende een lang leven, want dat laatste feit stond vermeld onder zijn foto. Geboren in 1815, gestorven in 1898. – De portier keek me heel venijnig aan, riep zelfs over dat grootse verleden: "Sie Holländer hören das nicht gern." Ik dacht: voordat ik het woord *Lebensraum* hoor en die man doodsla, ga ik maar naar boven.'

'We mogen wel opletten met de rekening,' waarschuw ik met een effen gezicht. 'Ze gaan ons hier tillen.'

'Het is nog altijd oorlog,' zegt Oskar.

'Ik weet hoe je erover denkt,' antwoord ik.

Hamburg is een stad voor het goeie leven. Theaters, bioscopen, restaurants, rondvaartboten, parken om te zitten, meren waar je kan zeilen – dit alles in een ordelijk, vrij lelijk decor.

'We gaan een tocht door de havens maken, met een rondvaartboot,' stelt Günter voor. 'Jullie zullen zien hoe verwant Hamburg is aan Rotterdam. De meeste Hollanders voelen zich hier enorm goed thuis. En dan gaan we eten in een Grieks restaurant. In Altona, waar de meeste zeelui rondhangen. Bier drinken. Eten. Ganz prima.'

'Jij vindt alles *ganz prima*,' stelt Oskar kritisch vast. 'Op Rotterdam zijn jullie bommen gevallen.'

'Hamburg is ook platgegooid. In het noorden van de stad is geen huis blijven staan. Bij de Aussen-Alster en Poppenbüttel kon je jaren na de oorlog nog geen straat herkennen.' Hij pauzeert nadenkend. 'Wonderlijk, de rosse buurt is het best intact gebleven.'

'Die stond natuurlijk onder speciale protectie.'

'Ach, Jaap begrijpt er tenminste nog íéts van.'

Günter grijnst op zijn onweerstaanbare, gewetenloze manier. Hij heeft vaak ongelijk, is bereid dat te erkennen en schakelt binnen een uur weer terug naar zijn oude standpunt. In 1969, toen wij in Berlijn logeerden en ik geobsedeerd werd door de historie van zijn periode als Hitlerjungen, hield hij zich gesloten als een brandkast. Zijn verleden was voor hem zelf een dubieuze zaak. Ik bleef een nacht bij hem; goot hem vol met bier. Hij was op zijn hoede en liet me na uren praten zijn plakboek zien met foto's over het beleg van Berlijn. Ik zag vrouwen met lange winterjassen en gedateerde hoeden, die pantservuisten voor zich uit hielden, alsof ze een snoekbaars keurden. Een oude man droeg het langwerpige wapen over zijn schouder als een hengel. Günter was een kindsoldaat, de laatste lichting die zijn Führer had kunnen oproepen.

'Sinds die julinacht in de Fasanenstrasse ken ik je beter.'

'Wat heet beter?'

'Je hebt nooit voor je vaderland gevochten. Opgeroepen en gedeserteerd. Met een vriend ben je op een nacht in je Ha-jotpakje door de bossen van Babelsberg gevlucht naar de Ufa-studio's. Van het front naar de droomfabriek. Nee, jij had het goed bekeken.'

Günter is Duits genoeg, om dit een punt van belang te blijven vinden.

'Ik was zestien. Weet je hoeveel Ha-jotters van

mijn leeftijd die laatste maanden gestorven zijn? Hoeveel procent?'

Hij kijkt me indringend aan.

'Tachtig procent. Je hebt het me verteld. Ik heb erover geschreven.'

Günter knikt. God weet waar hij nu met zijn gedachten zit. Misschien hoort hij wel de bommen vallen, granaten uiteenspatten, ziet hij de straten van Berlijn, zoals ze waren in april 1945: een geblakerde doolhof, waar de mensen in kelders sliepen; in de U-Bahn, tijdelijk als schuilkelder gebruikt, zijn tienduizenden mensen verzopen.

'Ook voor jullie gold de uitspraak *grenzenlos begrenzt waren wir,*' citeer ik Erika Mann.

'Wie heeft dat gezegd?'

'Een vrouw die tégen jullie was en Nazi-Duitsland gehekeld heeft met haar cabaret "Die Pfeffermühle" totdat ze het land werd uitgezet. De dochter van Thomas Mann.'

Oskar knikt.

'Deutschland, ein Wintermärchen. Nou, van mij kan je het cadeau krijgen. Ik heb er nog nooit een behoorlijke kop koffie gedronken. En waar je maar gaat of staat die worsten. Afschuwelijk!'

Zonder een woord te zeggen verlaat Günter onze kamer.

'Zijn we wreed?' Ik wil hem al achternagaan.

'Wij? Wreed? Dit land vráágt erom. Van Bismarck tot Leander, het was één foute troep,' concludeert Oskar. 'En maak jij nou maar een fijn stukje revolverjournalistiek vanavond in de kroeg. Vraag dat mens maar het hemd van haar lijf.'

Een ijskoude wind snijdt door de Reeperbahn. Günter heeft de kraag van zijn jopper opgezet, Oskar loopt te vloeken over het slechte weer.

'Voor geen mens heb ik dit over,' moppert hij. 'Eerst die vette smak voer, het leek wel zuurkool met een varkenskop erop, en nu dit gegluur in Hamburgs Grootste Seksbedrijf – waar doe ik het voor?'

'Weten jullie hoe de mensen in Oost-Berlijn de Reeperbahn noemen? Das Sexual-Schaufenster des Westens,' deelt Günter huiverend mee.

'Als ze het híérvan moeten hebben, vind ik het maar miezerig,' meent Oskar. 'Het is het Disneyland van de kunstpenis, de kunstvagina, de kunstgeliefde – opblaasbaar of niet – flauwekul voor pubers.'

'Hiervoor ben ik niet naar Hamburg gekomen,' zeg ik.

'Je wou het zien. Het wildebeestenleven blijkt een uitgekiende zaak van commercie te zijn.'

Günter amuseert zich met onze woordenwisseling. Hij laat zich door verschillende hoeren aanspreken, maakt een grapje, en staat even later te lachen met een pusher.

'Waarom zoek je niet een matroos uit?' vraagt

Oskar. 'De koffer met hem in en verder geen gezeur.'

'En mijn interview dan?'

'Lukt je toch nooit. Je hebt het niet eens van tevoren aangevraagd.'

'Geen schijn van kans op een positief antwoord, overrompelen, dat is de enige tactiek waar ik aan denk.'

Het begint te hagelen; Günter wenkt een taxi en wij zoeken onderdak in het doorrookte vehikel. Wij rijden weg van de Reeperbahn, door de ouderwetse straten van het havenkwartier. Wanneer ik de naam opgeef van de club waar wij moeten zijn, begint onze chauffeur meteen 'Ich weiss, es wird einmal ein Wunder geschehn' te fluiten.

'Ja, ja, dat was de grote tijd!'

'Hoe bedoelt u dat?' wil Oskar weten.

De chauffeur zwijgt even, dan draait hij zich naar ons om.

'Buitenlanders, hè? Waar komen jullie vandaan?'

'Holland.'

Een ondefinieerbaar gegrom. Hij zet zijn pet naar achteren.

'Nee, Nee. Versteh schon. Voor jullie was het de slechte tijd. Ik heb daar heus wel veel over gelezen. Later...'

Günter beduidt ons geen ruzie te maken. Alsof dat nu nog iets zou uithalen. Hoewel tijd mij weinig zegt: Un an de plus, un an de moins. Optellen, aftrekken, delen–voor mij was het altijd irreëel werk. Er zijn dagen uit 1943 die mij even helder voor ogen staan als gisteren. Ik zou mij kunnen opwinden om de taxichauffeur van repliek te dienen, maar ben te zeer gespitst op de dingen die komen gaan.

We stoppen voor een etablissement waar op de gevel in lichtende letters IM WÜHLMÄUSCHEN vermeld staat. Ik reken af met de chauffeur die ons een 'heiteren Abend' wenst. Günter bekijkt de foto's van mijn prooi, ze hangen van handtekeningen voorzien, naast de ingang.

'Sie gehört nicht mehr zu den Allerjüngsten.'

'Elegant uitgedrukt–onze tante is stok- en stok-oud. Voordat jij geboren werd stond zij al als re-vuegirl op de planken in Stockholm, Göteborg en Knäckebrød,' antwoordt Oskar, een schoolmees-terachtige vinger voor onze Teutoonse vriend zwaaiend.

'Kom, laten we naar binnen gaan,' roept hij, de deur openend van een gelegenheid, waarop alleen de benaming *Nachtlokaal* van toepassing is. Het is geen bar, het is geen club, deze woorden roepen een te mondaine associatie op. Nachtlokaal is triest en geheimzinnig, zoals nachtvlinder, nachtuil, nacht-muziek. En dat 'lokaal' geeft aan dat het ernst ge-bleven is–vanaf het schoollokaal tot en met nu en hier.

Wij installeren ons aan een tafeltje niet ver van het podium en bestellen een fles champagne. Want

dát is verplicht. Oskar pakt zijn kleinformaat klad-
blok en begint schetsen te maken.

'Erger dan in Berlijn. Moet je die speknek zien.'

Op het papier verschijnt de nek met karikaturale
vetringen.

'En dat wijf daar! Tachtig onderkinnen.'

Günter legt zijn hand op die van Oskar.

'Je moet hiermee oppassen; de mensen hebben in
een mum van tijd door dat je ze tekent, en stel je
voor dat ze komen vragen of ze het resultaat eens
mogen zien... Dat wordt gevaarlijk.'

Voordat Oskar kan antwoorden verschijnt er een
oudere conférencier op het podium, die enkele wit-
zen debiteert waar het zaaltje matig op reageert.

'Wir wollen die Zarah!' roept een bezopen matroos.

'Wie niet?' antwoordt de conférencier dubbel-
zinnig.

Een pianist neemt plaats achter de vleugel. Hij heeft
een breed gezicht, een boksersneus, felblauwe ogen
en een gulzige mond. Het is duidelijk dat we hier
niet te maken hebben met een gefrustreerde ex-
conservatoriumleerling die vindt dat hij beneden
zijn stand werkt.

Hij preludeert enkele ons bekende melodieën,
die armzalige en eenvoudige teksten meekregen en
toch vaak succesnummers werden. Hoe kwam dat?
De vrouw die dit repertoire in stand hield, er sinds

1937 de halve wereld mee afreisde, moet nu 74 zijn. Men heeft over haar geschreven: 'Haar genre is niet het voornaamste, maar zij is de voornaamste in haar genre.' Op deze regels heeft ze geantwoord: 'Genau das. Ich bin die beste von allen – als Zarah Leander. Keine macht das besser als ich, darauf können Sie Gift nehmen.'

'Ze moet een ruïne zijn,' fluistert Oskar.

'Bovendien is ze praktisch blind,' voegt Günter hieraan toe.

'Door artrose kan ze bijna niet meer lopen,' merk ik zelf op, 'en wie oefent dit vak nog uit als hij (of zij) 74 is?'

Plotseling gaan vrijwel alle lichten in de zaal en op het podium uit. Wanneer een spot op een gezicht wordt gericht laat hij een masker zien met felle katte-ogen, te dik rood haar en veel rimpels. Eens was dit de koningin van de Ufa, denk ik. Een van de mooiste vrouwen van het witte doek en de hoogstbetaalde filmster van Europa. Haar vermogen wordt geschat op vijftig miljoen Zweedse kronen, ze bezit een buitengoed zo groot als West-Berlijn en een daaraan grenzend meer met tweeëntwintig eilanden.

'Ich bin ein Star, ein grosser Star, mit allen Launen!'

De toehoorders kijken elkaar aan, knikken, klappen. Zo en niet anders was het in hun grote tijd, die voor velen nooit geëindigd is. Met ieder lied neemt het enthousiasme van het publiek toe. Ach jedes

Leid, das heilt mit der Zeit – zo is het toch? Natuurlijk, er is een vijf jaar durende oorlog geweest, steden zijn verwoest, miljoenen mensen gedood of gewond, maar dat is lang geleden.

'Jaap, die vrouw krijg je nooit te spreken,' zegt Günter, die als alle aanwezige Duitsers zeer onder de indruk is van deze ster met haar dompteursgebaren en een stem die een vliegtuighangar zou kunnen vullen. Het is dezelfde kracht van Edith Piaf op haar eind, overweeg ik. Alle energie van een etmaal opgespaard voor anderhalfuur optreden.

Wanneer Zarah de eerste ronde van haar optreden beëindigt met 'Wunderbar' van Cole Porter staat de hele zaal op, klapt op de maat en brengt de 'Diva aus alten Zeiten' een langdurige ovatie.

'Curieus,' zegt Oskar. 'Een circusnummer. Zie maar dat je *die* te pakken krijgt!'

Voor de kleedkamer van La Leander staat de onvermijdelijke bodyguard te praten met haar kleedster en kapster, die, naar mij later duidelijk zal worden, van Tsjechische herkomst is. Beide figuren zien mij wantrouwend aan.

'Wat zoekt u hier.'

Voordat ik kan antwoorden ratelt de Tsjechische in haar vreemde accent: 'Frau Leander wil niemand zien. Nu niet en straks niet. Ze is haar leven lang achternagezeten door persmuskieten. Fotografen. Handtekeningenjagers. Het moet uit zijn.'

De bodyguard legt kalmerend een hand op haar schouder.

'U moet het goed begrijpen: onze diva is te abgekämpft. Op die leeftijd gaat de künstlerische Arbeit je niet in je kouwe kleren zitten.'

In zijn ogen bespeur ik een twinkeling die het midden houdt tussen humor en spot. Hij neemt de zaak niet te serieus, maar speelt zijn rol erg goed.

'Niet te veel pillen tegelijk. Je mag ze niet wegspoelen met alcohol. Ik kan toch niet als een babysit over je waken!' vang ik op door de gesloten kleedkamerdeur. De bodyguard en de Tsjechische kleedster kijken elkaar veelbetekenend aan.

'U kunt nu beter weggaan!' zegt de Tsjechische autoritair.

Oskar heeft weer eens gelijk, denk ik. Mijn prooi zit op nog geen vier meter afstand, maar is onbereikbaar. Twee mensen maken mijn reis naar Hamburg volkomen zinloos. De deur gaat open: in een flits zie ik een verwilderd kapsel met een van mij afgewend gezicht, een schminktafel met potten, tubes, kammen en drankflessen, en enkele stoelen.

'En, Horst–dezelfde moeilijkheden?' vraagt de lijfwacht met niet te ontkennen gretige belangstelling.

'Het oude liedje,' antwoordt Horst. 'Sorry jongens, ik kan er niet meer tegenop. De enige die haar aankon was haar man, maar sinds die in het ziekenhuis ligt...'

'Ach, de arme...!' jammert de Tsjechische.

De pianist zucht. Hij strijkt met een zakdoek het zweet van zijn voorhoofd. 'Ik kan maar één definitie van de hele situatie geven: een melodrama. Voordat ik verder ga moet ik de buitenlucht in. Ik ben uitgevochten en kletsnat van het zweet. Waar is mijn jas? In de kleedkamer van Zarah hangt hij niet... Helpen jullie me in *godsnaam* snel zoeken. Ik klap in elkaar.'

Alle aandacht is opeens voor de pianist en zijn jas; de lijfwacht en de Tsjechische hebben met hem te doen en speuren door de halfverlichte gang en enkele leegstaande kleedkamers.

Niemand let op mij. Dit is het uur U. Wanneer ik nu niet tot de aanval overga bereik ik mijn doel nooit. Ik klop op de lang verdedigde kleedkamerdeur en wacht. Geen reactie. Ik heb haast – de anderen kunnen ieder moment terugkomen – en klop weer.

'Ja!' klinkt het bevelend.

De diva is bezig voor de spiegel van haar schminktafel en kijkt niet eens op.

'Moldau! Wat ben je laat! Ik heb mijn haar zelf bijgewerkt en moet alleen nog die vervloekte wimpers... Voilà! Blijf daar niet zo suf staan, ik zie *niets* zonder bril, niet eens mijn bril!'

'Neemt u mij niet kwalijk, Frau Leander, ik ben Moldau niet.'

Haar tastende hand glijdt over de tafel, vindt de

beroemde zonnebril met glazen min twaalf. Meer verbijsterd dan kwaad kijkt Zarah Leander mij aan.

'Waar komt *u* vandaan? Wie heeft u hier binnengelaten?'

Nu snel reageren, voordat de lijfwacht mij eruit trapt.

'Dit is razend brutaal, ik weet het, maar ik ben speciaal uit Holland gekomen om u te zien.'

'Aber nein,' antwoordt Zarah spottend. 'Nee, met zulke sprookjes hoeft u bij mij niet meer aan te komen. Oma krijgt bezoek. Holland, zei u? Ja, ik heb daar wel een paar vrienden... mijn impresario...'

'Die is ook een vriend van míj,' antwoord ik gehaast.

'Zo?' Er klinkt duidelijke twijfel in haar stem.

'Hij heeft me alle foto's laten zien die hij tijdens zijn logeerpartij bij u in Zweden gemaakt heeft. U hebt een Chinese kamer, een Louis Seize-kamer, een...'

'Jongeman!' Het klinkt als een bazuintoon. 'Jongeman. Je hoeft *mij* echt niet te vertellen hoe mijn huis eruitziet! Home sweet home.' Ze lacht hatelijk. 'Fortuinen heb ik eringestoken, maar ik hou 't er geen week uit. Ik ben een zigeunerin. Ik moet reizen. Ik ben doodmoe. Dit leven maakt me kapot. Ik *moet* reizen. Altijd heb ik heimwee. Ich komm' nur zum Abschiednehmen. Hier optreden, daar zingen. En deze dame is oud.'

'Wat heet oud.'

'Wacht u maar af. Er komt een moment waarop je botten gaan kraken, je lichaam niet meer mee wil. Je kan dan op het einde gaan zitten wachten, languit in een behaaglijke stoel...'

Ze wuift met haar rechterhand; de schakelarmband rinkelt. 'Dat einde komt toch. Onherroepelijk. Weet u: es ist mir Schnuppe voor wie ik optreed. Ik zit hier midden tussen de pooiers en de matrozen. Es ist mir egal! Op mijn leeftijd kan je niet meer kieskeurig zijn. Denkt u niet dat ik zélf...'

Er wordt geklopt: haar lijfwacht staat in de deur.

'Zal ik hem eruit gooien?' Een rechtstreekse, niet zeer genuanceerde reactie op mijn aanwezigheid. De man doet enkele stappen in mijn richting.

Een gebiedende vinger maant hem tot stilstand.

'*Ik* maak uit wat hier gebeurt. Je komt hier binnen als ik je roep – anders niet!'

Met een onderdanige en zeer Duitse buiging verdwijnt de man weer. Zarah Leander steekt een sigaret op en wuift de rook weg. Ik zie haar fameuze briljanten ring, die een fortuin waard moet zijn.

'In uw land ben ik verschrikkelijk behandeld. Nergens op de hele wereld is de pers zo tekeergegaan; de journalisten hebben op me ingehakt of ik een varken was dat uitgebeend moest worden. De vragen die ze me gesteld hebben! In 1973! Hebt u meegedaan aan de orgieën van Goering op zijn buitengoed Karinhall? Nee? En uw verhouding met Goebbels – *die* kunt u toch moeilijk ontkennen!

En u zong altijd bij Hitler thuis, Eva Braun was stinkend jaloers op u. U hebt Hitler maar één keer ontmoet? Het gesprek duurde slechts vijf minuten? Geloven we niet. Dat kán niet waar zijn!'

Zarah observeert mij door haar sherrykleurige brilleglazen. 'Weet u: hun *fantasieën* moesten waar zijn. Zonder een fel gekleurd nazi-verleden was ik niet interessant. Ik ben een apolitieke idioot die gemanipuleerd is. Natuurlijk heb ik geleefd met de leugen. De terreur van de leugen.' Ze pauzeert, schenkt drank in. 'Alleen tijdens het draaien van mijn films woonde ik in Berlijn. De rest van het jaar zat ik met mijn man en kinderen op ons buitengoed Lönö. Pas in 1943 is Goebbels mij gaan dreigen; hij weigerde nog langer mijn honorarium voor zestig procent in Zweedse kronen uit te betalen, beval mij het Duitse staatsburgerschap aan te nemen, bood mij aan Lönö te ruilen voor een landgoed in Pommeren, en mijn zoon mocht als Duitser verrekken aan het Oostfront. Ik bewoonde een huis in Dahlem, aan de Max-Eyth-Strasse. Iedere nacht zaten we in de schuilkelder en hoorden hoe Berlijn platgebombardeerd werd. Ons dienstmeisje was zeer koelbloedig, sleepte kannen met koffie en broodjes aan, en zong de schlager "Jede Nacht ein neues Glück", uit de film "Damals," die ik zojuist beeindigd had. De bedreigingen van Goebbels waren te nadrukkelijk geworden, bovendien had men de Zweedse kerk in Berlijn, een doorgeefluik waarvan ik gebruik kon maken om mensen naar Zweden te helpen, opgeheven. Ik heb Duitsland geruisloos verlaten. Wat er daarna niet allemaal in de kranten heeft gestaan! Ik zou een spionne voor de Russen geweest zijn en geëxecuteerd. Ik was naar Amerika gevlogen om Garbo op te volgen. Ik was tijdens een boottocht verdronken in de Oostzee. Ik was door de bombardementen gek geworden en opgeborgen in een krankzinnigengesticht. In ieder geval werden mijn films en platen in Duitsland verboden. Ik was *ausradiert*. Daarna kwamen jaren, triester dan het somberste verhaal van Strindberg. De Zweden verkneukelden zich: daar zit die kozakkenbas nu met haar veertig miljoen. Na und? De monotonie van het buitenleven – iets verschrikkelijks wanneer het jaren duurt.'

'Vindt u dit beter?'

Een besliste knik.

'Soms rijd ik met mijn chauffeur de Reeperbahn op en neer. Liederlijk? Kom nou! De mensen hier adoreren me. Also gut, ik neem het leven zoals het komt. Twee jaar geleden heb ik nog onder regie van Ingmar Bergman toneelgespeeld in Wenen. "Glimlach van een zomernacht". Ik was die oude vrouw in de rolstoel. "Wat doe je hierna?" vroeg Bergman. "Ik ga me verschmieren in de kroegen," heb ik hem geantwoord. "Dus geen waardige oude dag?" vroeg hij. "Nooit en te nimmer."'

Zarah schenkt onze wodkaglazen voor de tweede

keer vol. 'De mensen vragen me vaak naar vroeger.' Ze lacht cynisch. 'Het was waanzinnig: wanneer ik een theater verliet moest de politie een looppad voor mij maken. Wanneer ik in een warenhuis inkopen wilde doen, moest het eerst ontruimd worden. Bij mijn voorstellingen moest het doek soms veertig keer gehaald worden. Ja–en nu staat het lelijke eendje uit Värmland in een Hamburgse matrozenkroeg. Ik zuip te veel. Ik rook drie pakjes per dag. Mijn man ligt met een heupbreuk in het ziekenhuis en over tien jaar ben ik dood. Moet ik kniezen? Bij de pakken neerzitten? No Sir!'

'U maakt het beeld dat men via de film van u heeft radicaal kapot. Eens...'

Ze kijkt me dreigend aan.

'Eens. Eens...! Zo beginnen alle sprookjes. Onthoud goed, jongeman: er is niets sprookjesachtigs of raadselachtigs aan dit ouwe mens. In mijn jeugd zag ik er erbarmelijk uit. Ik was groter dan de meeste mannen, dik ook nog, had schoenmaat veertig, peenrood haar en zat onder de sproeten. Toen ik thuis aankondigde bij het theater te willen, hebben mijn broers gebruld van het lachen. *Jij vette klomp van zestien jaar, ga maar aardappels schillen!* Tijdens mijn eerste optreden in een revue–met een ondergeschikt rolletje overigens–had men mij verstopt achter vissersnetten. In mijn eerste Zweedse film speelde ik een heks op een bezemsteel die een pikant couplet zong. Jarenlang bleef ik een *Theaternärrin*.

Ook later ben ik door de kritiek niet verwend. "Ze heeft geen rollen, alleen maar verschillende kostuums gespeeld," was het oordeel van de heren critici. Het zal nog wel waar zijn ook. Men hoeft mij niet te beklagen. Gedane zaken nemen geen keer. En alsjeblieft geen vals medelijden!'

Zarah zucht vermoeid. Alles lijkt haar opeens te veel. Ik wacht. Ik heb wel medelijden. Ik ben betrokken bij deze vrouw en kan niet verklaren waarom. Sprekend met Roland Holst heb ik deze geheimzinnige verbondenheid eens trachten te analyseren. Politiek is mijn sympathie verwerpelijk, zei ik tegen hem. De Bergense bard staarde naar de goud doorschenen wolkenranden en antwoordde: 'Dit is voor jou de vrouw die zingt ergens achter de tijd. Zij moet van een mythische betekenis zijn. Ik begrijp je morele weerstand, maar politiek heeft met deze gevoelens niets te maken. Je kan toch bezeten zijn van Ezra Pound, terwijl je deksels goed weet dat hij voor de Italiaanse radio fascistische propaganda maakte.'

'Denkt u nog wel eens aan de oorlog?' vraag ik. Dit is het gevaarlijkste moment van ons gesprek: nu wordt Zarah Leander kwaad – of ze klapt dicht. Ik houd mijn adem in.

'De oorlog?' Ze kijkt me niet aan, zwijgt een ogenblik en vervolgt dan: 'De oorlog is geen dag weg te denken uit mijn leven. Speciaal *ik* van alle Duitstalige kunstenaars word geassocieerd met de oorlog. Het lijkt soms wel of ik hem ontketend heb. Of ik er persoonlijk verantwoordelijk voor ben. Op mijn affiches wordt in het buitenland soms nog een hakenkruis getekend. Gekliederd. Voor ieder optreden is het of mijn mond dichtgeplakt zit met zand. Wanneer ik het publiek hoor fluiten, denk ik: afkeuring? Bijval? Mijn Zweedse landgenoten hebben me na 1943 kil behandeld, hoewel er zeer veel zogenaamd verborgen nazi's onder hen waren. Mijn come-back maakte ik in 1949 in het Stadstheater in Malmö. Ik wist dat ik terechtstond, dat ik een publiek tegenover me zou vinden dat mij het liefst op de brandstapel zag. Ik moest door een muur heen breken, ik moest hem *af*breken. Zes jaar van bitterheid en verachting moest ik overwinnen. Ik was geladen als een wild dier – tegelijk sidderde ik. Godzijdank heb ik één ding mee: mijn stem laat me, ook onder de ergste hevigste emoties, niet in de steek. – Ik had een eigen tekst gemaakt op de melodie van "Yes, Sir!" Dat ik gesmaad en gehekeld was, yes Sir! En dat ik dat verdomd goed doorhad, yes Sir! Dat ik mijn haar iedere dag waste in rode wijn om nog excentrieker te lijken, en dat ik als een spion maar het beste terechtgesteld kon worden, yes Sir!'

Zarah's stem klinkt hatelijk en vol minachting.

'Daarmee heb ik ze ingepakt. Tot 5 augustus 1949 was ik werkloos geweest. Wat u hier nu ziet zitten is een gedoofde ster. U hoeft me niet tegen te spreken. Ik weet wat ik ben. Maar in '49 was ik een bom van energie. Zes jaar lang heb ik me alleen beziggehouden met de produktie van visconserven op Lönö. Goed, ik heb mijn tol betaald. Jetzt ist es Schluss. Wanneer één journalist mij nu nog lastig valt over mijn verleden krijgt hij er ongenadig van langs. In de Vip-room van uw Amsterdamse vliegveld – Schiphol ja, merci – hebben de journalisten mij niet anders dan gekleineerd en getreiterd. Die middag heb ik me uit louter woede en verdriet volgegoten met jenever; die avond had ik voor mijn eerste optreden in Den Haag nauwelijks nog stem. Ik kreeg geen lucht. Was verstikt. Gelooft u me: je kan beter een moord gepleegd hebben, dan zit je je straf uit en is de zaak verjaard. Na *dertig* jaar sta ik nog in de beklaagdenbank.'

Felle blik, nerveus gerinkel met de armbanden en kettingen.

'U denkt natuurlijk: waarom praat dat mens nog zo lang over haar verleden? Is het dan nooit voorbij. Nee. Voor mij blijft het een nachtmerrie. Het heeft mijn leven verziekt. Daarom blijf ik zingen.'

Een korte tik: Horst W. verschijnt in de deur.

'Zarah, ben je klaar voor de tweede ronde?'

Een professionele blik in de spiegel. Geroep om 'die Moldau', die als een vrouwelijke Zatopek de kleedkamer binnensprint.

'Gnädige Frau heeft zich veel te lang laten ophouden.'

Geen commentaar.

'U had moeten rusten!' Gehaast grist ze uit de veel te opzichtige toiletten een japon met overdadige zwarte glitters.

'Die last kan je je besparen: ik verkleed me niet meer. Ja, ik ben daar gek al die moeite te doen voor deze luizige hoerentent.'

De Tsjechische opent haar mond, maar Leander is haar voor met een gebaar, waaruit overduidelijk blijkt dat ze geen tegenspraak duldt.

'Mijn haar! Nieuwe make-up! Niet díe pot' – de Tsjechische ontvangt bijna een klap – 'hoe kómen we aan die lijkenkalk. Daarmee kan ik meteen m'n graf in! Gott im Himmel, wat maken die patsers daarboven weer een lawaai. Hoe laat is het? Drie uur. De huismoeders slapen, maar op dit uur moet de heks op haar bezemsteel *vulgaire* chansons brengen. In mijn grote tijd – och wat zwets ik toch – vroeger noemde men dat canailleus. – Wil men mij als canaille: kein falsches Mitleid. Ich bin bereit!'

Zarah werpt een laatste controlerende blik in de spiegel, kamt een lok naar voren en steekt een roos in haar decolleté. Met haar te dikke rode haar, overdadige schmink en te zware wimpers lijkt de vieren-zeventig jarige filmvedette van weleer nu op een brutale travestiet.

Haar lijfwacht opent de deur en we staan in de halfdonkere gang. Uit het nachtlokaal klinkt ob-sceen gelach om enkele moppen van de conféren-cier. Leander bromt iets dat waarschijnlijk een pittige Zweedse vloek is. Een blikken stem roept: 'Und jetzt, meine Damen und Herren, die Ufa-Königin...'

Zarah Leander stampvoet.

'Die aankondiging heb ik verboden! Ik *weiger* op die oude roem te teren! Is het verleden dan nooit voorbij? Verdammt noch mal. Ze moeten me nemen zoals ik *nu* ben. Nemen – of niet.'

Zarah geeft haar donkere bril met de dikste glazen die ik ooit gezien heb aan haar kleedster en laat zich als een blinde het kleine, felverlichte podium op leiden. Het applaus accepteert ze zonder een teken van waardering; haar wimpers verraden het ongecontroleerde en frequente knipperen van haar oogleden.

Uit het trekken van haar mond meen ik bitterheid of minachting te bespeuren; ze tast naar de microfoon, trekt hem naar zich toe en leunt tegen de vleugel.

Ik denk terug aan de oorlogsjaren, hoe Oskar en ik in het Hilversumse Citytheater deze zelfde kop bewonderden, haar liedjes floten en foto's verzamelden, al werd ze door onze klasgenoten moffenhoer genoemd.

In april 1976 aanschouw ik de ruïne van ons puberidool: het tedere is verdwenen – hier staat alleen nog een stuk afweergeschut. Zarah wendt haar hoofd in de richting van Horst W., die haar gespannen observeert. Voor hem is ze nog altijd een diva, ook al staat ze in een Hamburgse zeemanskroeg.

Zonder een woord begeleidende tekst zet Zarah haar eerste chanson in. 'Ich bin eine Frau mit Vergangenheit, voll moralischer Unbefangenheit.' Er is in het hele nachtlokaal geen centimeter ruimte meer voor iets anders dan het enorme volume van deze stem. De tekst is beter dan ik verwachtte, precies op Leander-niveau: 'Ich hab' die Gesellschaft verachtet–und hab' den Skandal provoziert.' Ze besluit haar lied met het gebiedende gebaar waarmee een leeuwentemmer zijn gevaarlijkste roofdier op de knieën krijgt.

Applaus. Gefluit. Voetengestamp. De blinde ogen stralen. Ze wist het allang: 'Was man erhofft, stirbt übernacht.' De enige remedie tegen de vervelingsdood is doorgaan. Werken. Alles is beter dan de eenzaamheid in die vervloekte Zweedse bossen–ik begrijp het, nu ik haar door reumatische pijnen gekwelde heupen zie meedeinen op een melodie. Ik denk aan de potten met pillen in haar kleedkamer. Wat zou het zijn: cortisone? Een opiumderivaat? Haar leven is praktisch voorbij. Ze moet zich bezatten om in slaap te komen. Ik herinner mij het laatste optreden van Edith Piaf, de Madonna van de Morfine, smekend om door te mogen gaan, un jour, deux jours, trois jours... Bereid alles te doen om maar niet naar huis te hoeven. Niet naar bed. Niet naar de absolute vergetelheid. Zarah leeft alleen nu. Een half uur later in haar kleedkamer vind ik een vrijwel onherkenbare en totaal uitgebluste vrouw. De deur gaat onmiddellijk op slot. Alleen Horst W. en ik zijn binnen.

'Sigaret!'

Zarah is te moe om er zelf een te pakken en aan te steken. Ze transpireert als een karrepaard. De donkere bril verbergt haar blik voor ons; haar handen trillen.

'Rust,' mompelt ze. En: 'Verschrikkelijk.'

Horst W. geeft me een teken. Ik begrijp dat ik beter kan vertrekken. Voordat ik de deur uitga, zie ik nog hoe haar handen een glas betasten dat leeg is. Ze heft het op met een vragend gebaar. Nee, knikt Horst W. en zet het glas beslist weer op de kleedkamertafel. Ze haalt haar schouders op. Een kind aan het eind van haar spel: de boze wolf zal haar halen.

In de rook van het Wühlmäuschen vind ik Oskar en Günter terug. Ze drinken en praten niet zonder hilariteit.

'Fabelhaft war sie,' zegt Günter. En dan, na enig nadenken: 'De stem van mijn jeugd. Toen wij op de puinhopen van Berlijn zaten, kon deze stem ons voor enkele minuten de bittere ellende doen vergeten.'

Ik kijk Oskar aan. Hij zegt niets.

We rekenen af, halen onze jassen uit de garderobe en gaan de straat op. Toeristen en matrozen schreeuwen, er klinkt schetterende muziek uit alle tingeltangels.

'Je bent stil,' merkt Günter op.

Ik knik alleen maar; ik weet dat ik mijn jeugd-idool nooit meer zal zien.

'Was Zarah moe na afloop?' wil Günter weten.

'Ik vond het een trieste vertoning,' stelt Oskar vast.

'Ze was niet moe – ze was dood.'

Een tijdlang lopen wij zwijgend verder, soms lastig gevallen door pooiers of bedelaars.

'Ik begrijp het niet,' zegt Oskar. 'Waarom moet dat mens *nu* nog optreden. Negen jaar geleden in Keulen was het al een zielige vertoning. Schreeuw-de ze ladderzat tegen de zaal. – Ze is toch rijk, heeft een schitterend landgoed. Er is toch een tijd van komen en gaan.'

Niet voor de matelozen, denk ik. Niet voor de ontembaren. Daarvoor blijft aan het einde van de route de Reeperbahn, de krijspartijen, de gebroken glazen, de verloedering.

'Sommige oude vrouwen zijn niet geschikt voor een Boddaert-huis,' merk ik op.

Oskar geeft geen reactie.

'Heb je "Huis Clos" gezien, van Sartre?' vraag ik Günter.

'"Mit geschlossenen Türen" heet dat bij ons.'

Ik herinner het me, in Berlijn hebben we er een briesende voorstelling van bijgewoond. 'Voor Leander is het bijna zover. Nog twee of drie jaar.'

Günter pakt mijn hand, zeer vertrouwd en van-

116

zelfsprekend. 'Je gaat wéér over een oude vrouw schrijven,' zegt hij plagend. 'Verkikkerd ben je op ruïnes. Een afwijking.'

Oskar knikt instemmend.

'Daar raak je de juiste snaar bij Jaap. De bloemen van het kwaad.'

Het is vier uur in de nacht, de tijd waarop uilen in de bossen schreeuwen, mensen de kwade dromen van zich proberen af te schudden, het sterftecijfer het hoogste ligt.

'Ik heb op de Reeperbahn hetzelfde als op een kermis,' zegt Oskar. 'Ik word er hondsmelancholiek van.'

'Waarom?' vraagt Günter. Hij kent die gevoelens zo niet, primitief volgt hij de algemene stemming. Hij maakt een pirouette als een dolgedraaide clown.

Plotseling staat hij pal voor me stil. Hij kijkt gemaakt serieus. 'Hoe komt je stuk te heten.'

'Scheisse. Weet ik veel.'

Ik slik iets weg en denk aan mijn dode vrienden; hun aantal wordt groter en het raadsel van de dood komt meer en meer centraal te staan. Hoe ouder ik word, hoe minder ik van het leven begrijp: ik neem er deel aan, neem waar en noteer hoe zeer ik mij verlies in het labyrint. Het zal nooit meer anders worden.

Tussen de gillende sirenes en het lawaai van de Reeperbahn slaat Günter opeens een arm om mij heen. Ik kijk in die Germaanse ogen, waar ik nu al twaalf jaar van hou. Ze zijn boers landelijk, spottend en teder.

'Je moet niet treurig zijn. Niet zo stil.'

Nu begrijp ik Zarah Leander en haar hoerige verleden tussen dit moffentuig. Ik begrijp het heel goed, al mag dat natuurlijk niet van de Oranjeklanten.

'Wie niets meer rest dan stof en steen, die blijft het best door penose op de been,' mompel ik.

'Jij denkt aan je oude dag,' merkt Günter op, met een feilloze intuïtie.

Zo oud ben ik langzamerhand. Zeg daar eens nee tegen.

Het regent in Hamburg: tussen regen en tranen op je wangen is voor de buitenstaander gelukkig geen verschil te zien.

Tederheden

'Mijn liefde gaat door muren en door prikkel-
draad,' zei de revuegirl.

'Zo?' antwoordde ik, niet bepaald snedig, enigs-
zins overrompeld door dit ongewone begin van ons
gesprek.

'Vind je dat gek?' vroeg de revuegirl, mij arg-
wanend aanziend.

'Nee,' was mijn te snelle repliek.

'Je *vindt* het gek. Sterker: je bent verbaasd.'

'Ik kan het niet ontkennen, ik bén op dit ogenblik verlegen en verbaasd.' Mijn houding was ronduit stuntelig.

'Als je eens begon mij bij m'n naam te noemen,'
vervolgde de revuegirl op een zelfverzekerde toon.
'Ik heet Gisela.'

'Gisela,' herhaalde ik vragend.

'Geef me vuur,' gebood ze, een sigaret in een lang
ouderwets pijpje voor mijn neus houdend. 'Je bent
zo verstrooid als de pest.'

Ik voldeed aan haar verzoek.

'Waar kom je vandaan?' vroeg Gisela.

'Holland,' antwoordde ik, wetend dat ik een haar
bekend feit vermeldde.

'Ja, dat heb ik aan je accent allang gehoord,' bevestigde ze mijn indruk. 'Ik bedoel: uit welke stad.'

'Den Haag.'

'Den Haag.' Ze nam de naam meteen van mij over. En na enig nadenken: 'Daar woont jullie koningin...?'

'Je bent een romantisch Duits revuemeisje,' zei ik, 'dat droomt van koninginnen, galabals en al die onzin meer.'

Geërgerd tikte Gisela de as van haar sigaret.

'Ik ben *niet* romantisch – en het soort dromen waarvan jij me verdenkt behoort allang niet meer tot mijn innerlijke bagage.'

Ze zag mij niet kwaad aan, wel met de vaste wil om mij te overtuigen. Wat stond mij anders te doen dan te zwijgen? Het werd pijnlijk duidelijk dat ik Gisela steeds te laag aansloeg.

Er was geen stilte, maar geroezemoes in de bar; de hiaten in ons gesprek werkten niet al te storend.

'Ik heb een horoscoop laten maken,' merkte Gisela op.

Ik probeerde niet verbaasd te reageren op deze onverwachte wending van ons gesprek.

'Nu moet je niet weer *zo?* zeggen, want dan vermoord ik je. Die keurige jongens uit keurige kringen ergeren mij sowieso. Je moet dat niet persoonlijk opvatten' – spontaan pakte Gisela even mijn arm beet – 'maar studenten zijn altijd muggezifters. Ze *moeten* hun intellect etaleren, ja zo noemen ze dat zelf. Ik heb wél van die knapen geleerd. Nooit gehouden. Hier in Hamburg komen van die sjieke gosers even hun gemak halen... ach, wat doet het er ook toe. Het wordt toch allemaal routine.'

'Dat wil ik best aannemen, maar ik ben geen student.'

'Ach, meneer is een rasechte graaf.'

Gisela had de doorsmookte lach van iemand die drie pakjes sigaretten per dag verwerkt. 'Wat zoek je hier?'

'Gisteravond moest ik een interview maken,' antwoordde ik.

'Ben je van de krant?' informeerde Gisela, opeens kopschuw.

'Dit interview heb ik nodig voor mijn nieuwe verhalenbundel. Ik schrijf niet voor kranten, maar voor mij zelf en een handjevol lezers.'

'En daar kan je van leven?'

'Nauwelijks!'

Gisela kwam dichter bij me zitten. Er was merkbaar een schot van wantrouwen tussen ons weggevallen.

'Jij bent getikt, geloof ik. Nou ja–ík ook, want ik geloof zonder meer wat jij me vertelt.'

Ik bestelde nog een Schwedenpunsch voor ons beiden.

'Of je me nu verhalen vertelt of niet, maak er een boeiende avond van. Aufregend!'

'Met alle plezier. Ik wil horen wat er in jouw horoscoop staat.'

'Later. Eerst wil ik weten wie jij zo nodig in dat verre Hamburg moest interviewen.'

'Gek, ik ga je de waarheid vertellen en juist daarom ben ik waanzinnig verlegen.'

'Aufregend!'

'Staat die aangeboren spottende blik ook in je horoscoop?'

Een pathetische blik naar het plafond was haar antwoord.

'Spottende blik! Hoe vaak ik al niet met díé uitdrukking geplaagd ben. Mijn ogen *staan* toevallig zo – kan ík dat helpen? Als je me beter kende, ja, *als* je mij beter zou leren kennen, dan noemde je mijn blik nooit meer spottend. Mijn ogen niet, mijn levensvisie niet. Niets aan mij.'

'Sorry, Gisela.'

'God en de duivel weten dat ik een degelijk meisje ben. Uit de Harz. Een gebied met sprookjesachtige natuur. Misschien zelfs wel mystiek. Ik ben geboren in Goslar. Gisela uit Goslar. Kan het romantischer? Waarom moest dat kind met strikken en kanten jurkjes aan nou eindigen op de Reeperbahn?' Het viel mij op dat de obligate zucht uitbleef. 'Ja, en waarom niet? Er is in dit leven toch geen greintje logica te bespeuren. Mijn moeder was een door en door degelijk mens, dat in ons levensonderhoud voorzag als wasvrouw. Tweemaal per week ging ze naar Göttingen, de nabijgelegen studentenstad, met manden wasgoed. Je lacht niet om mijn verhaal? Hier in deze bar hebben de meiden zich bescheurd; het leek hun wel een sprookje van de gebroeders Grimm. Ik had het nooit moeten vertellen. Sindsdien fluistert men hier rond dat ik in een wasmand geboren ben. Aufregend!—Moest mijn moeder soms geld verdienen of niet? O zo.' Gisela stootte me vertrouwelijk aan. 'Denk je in: ik heb mijn eerste communie in Göttingen gedaan. Daar waren we intussen naar verhuisd. Mijn moeder en ik. Ik wacht je vraag niet eens af, er wás geen vader, nou ja, wat klets ik nou weer voor onzin, er is natuurlijk een vader geweest, maar zeer, zeer kort. *Ik* heb hem niet gekend, hij is gekomen, heeft mij gemaakt en is verder gegaan. Verder—de wijde wereld in. Ja. Soms kwam er nog een ansichtkaart voor mij, uit Bangkok, Hongkong, Rio de Janeiro. Misschien heeft dat me wel naar Hamburg gedreven. Het bewustzijn dat mijn vader een zeeman was. Aufregend! Ik kwam hier aan als een groentje. Nam een kamer in een goedkoop, duf pension. Schreef mijn moeder dat ik werk zocht op een verzekerings-kantoor. De waanzin. Mijn start lag in een cafetaria. Soms, tussen het opdienen van moccataartjes, broodjes tartaar, koppen koffie en bier, dacht ik terug aan het landelijke kind Gisela, met recht een Unschuld vom Lande, die 's middags onder de vele waslijnen van mijn moeder in het psalmboek zat te lezen. Wees niet bang. Ik ga niet pathetisch vragen: waar is dat kind gebleven? Ik hou niet van retorische vragen, niet van dom geklets.'

'Neem me niet kwalijk, Gisela, maar ik vind je woordkeus zo...'

'Wat nou *zo*...'

'... intellectueel. Hoe kom jij aan retorisch? Levensvisie?'

Er kwam een peinzende blik in Gisela's ogen.

'Ik heb een vriend gehad...'

'... En...?'

'Ja, mag ik nou nog een pauze nemen of verwacht je dat ik mijn romance, de enige werkelijke in mijn leven, afdreun als een zakenbrief. Ik heb je verteld over mijn horoscoop. Goed. Ik heb hem laten maken door een oude zigeunerin in Goslar. Die kon er wat van. Details uit mijn leven heeft ze voorspeld die ik niet voor mogelijk had gehouden. Ze was al oud, en had een enorm goede reputatie in de Harz. Aufregend! Ik zag het spoorwegnet van mijn toekomst al voor me. Lang niet naar alles was ik benieuwd. Ik zou een reis maken naar een havenstad en daar lange tijd blijven. Dat vond ik wonderlijk. Het meest prikkelde mij de voorspelling dat mijn werk met muziek te maken zou krijgen. Ik zag me al als danseres, zangeres, pianiste. Heel naïef, maar wat wil je. Geef me vuur, waar zit je toch met je gedachten? Muziek.' Gisela sprak dit woord met minachting uit. 'Luister. Op een avond ontmoet ik in dat grote cafetaria een heer, die steeds naar me keek. Ik vroeg me af: wat moet zo'n voorname en gedistingeerde man in een cafetaria? Hij bestelde: ik bediende. Hij staarde naar mij. Ik gaf geen sjoege. Lange tijd bleef hij zitten. De zaak sloot om twee uur in de nacht. Hij vertrok. Ik maakte samen met vier andere diensters de boel aan de kant. Dat nam wel een uur. De baas eiste echte Kadaverdisziplin van ons. Om drie uur kwam ik naar buiten, denk je in: op de lege Herder-Strasse was het druilerig en koud. Wie staat daar in de regen op me te wachten? Precies, die gedistingeerde man. Onder een paraplu. Zonder te spreken kwam hij op me toe. Zou dát de man uit mijn horoscoop zijn? vroeg ik me af. Ik was verbaasd maar niet bang. "Staat u daar al die tijd te wachten?" zei ik heel zakelijk. Hij knikte. "Kom onder mijn paraplu." Aufregend! We liepen door de stille binnenstad; hij vroeg me of ik zin had mee te komen naar zijn appartement. Zo iets doet een anständiges Mädchen niet, hoorde ik al die kwijlebabbels uit Goslar zeggen. Het verderf van de wereldstad. Ja, ja. Laat ze maar kletsen. Ik had één zekerheid sinds mijn aankomst in Hamburg: ik was eenzaam. Keurig, niet verhoereerd, woonde ik in een duf kamertje en werkte me uit de naad in een cafetaria. Had de toekomst niets beters in het vat voor me dan dit? Ik was vierentwintig, de wereld stond open voor mij, alles leek mogelijk. We beleefden hier in Duitsland de periode van het Wirtschaftswunder, de opbloei na de wereldoorlog. "Je hebt een onalledaags gezicht," zei de man, mij onder een lantaren bekijkend. Die omschrijving stond letterlijk in mijn horoscoop! Ik werd dus niet kattig –ik haat die lokzinnen vol clichés–maar wachtte af. Gustav zei dat hij theateragent was en dat wij eens rustig over mijn toekomst moesten praten. Waarom niet?–Bestel nog eens een Schwedenpunsch.– Die nacht hebben wij op een flat met uitzicht op de Innen-Alster gepraat over mijn leven. Ja, zeg maar gerust: verleden, heden en toekomst. "Je hebt een carrière voor je," zei Gustav. "Je leven zal hard zijn, maar dat is het nu ook." Hij vertelde mij van zijn "ontdekkingen", revuesterren die schitterden in het Theater des Westens. Daar kon hij me ook aan werk helpen, om te beginnen als revuegirl. Het klonk me als muziek in de oren. Niet eens goedkope muziek. Ik zei ja. Ik werd zijn maîtresse, kreeg bijzondere kleren en werd ingedeeld bij het balletcorps van zijn theater. "Je maakt carrière," beloofde hij. "Eens word je een ster." Ik geloofde alles, ik wilde alles, ik deed alles. De tijd ging voorbij. "Wanneer komt er nou eens een kans voor mij?" vroeg ik hem. Hij begon onverschillig te worden. Ik zag hem met andere vrouwen in de stad. Hij zat ook lang niet meer iedere avond in de zaal. Niets was meer aufregend. Toen hij me sommeerde mijn bullen te pakken en naar een eigen appartement–nou ja, laat me niet lachen: zolderhok was voor die gage net een haalbaar onderkomen–te zoeken, was ik niet verbaasd. So oder so ist das Leben.–Ik wás in de havenstad aangeland, in mijn leven speelde de muziek een rol, ik zou met boten te maken krijgen. Boten, dat favoriete artikel van waarzegsters. Wanneer ik 's avonds laat thuiskwam uit het theater staarde ik in m'n dooie eentje vanuit mijn mansarde naar de schepen. Heb ik geleefd? vroeg ik me af. Was dít het nou? – Ik werkte de ene man na de andere af, bleef bij de revue tot ik in de achterste rij terechtkwam, omdat mijn benen niet meer als marionettenpootjes omhoog wilden. – Geef me vuur, wat ben je toch zeldzaam verstrooid! Kribbig? Word ik kribbig? O neem me niet kwalijk, dat is echt mijn bedoeling niet. Weet je, ik krijg zo zelden de kans om eens echt stoom af te blazen. Hier in de bar ben ik een oud meubelstuk, men bekijkt me nauwelijks. In het theater sta ik op de wip om afgedankt te worden – ik ben niet één avond een even opflikkerende ster geweest. Alle beloften van Gustav waren bedrog. Origineel, wat? Zoals ik lopen er duizenden rond, met dezelfde klachten, hetzelfde verleden, en – dezelfde toekomst. Wij zijn begonnen als onschuldige wurmen vol verwachting – op wat gebaseerd? zo vraag ik me vaak af – en verkleurd tot grauwe muizen.' Gisela schudde haar hoofd heen en weer alsof ze door een horzel in haar nek gestoken was. 'Ik háát zelfbeklag. Ja, het is lief van je om te zeggen dat ik alleen maar de balans van mijn leven opmaak, denk je in: *de balans van mijn leven!*' Ze lachte met haar hese stem lang en meer geamuseerd dan cynisch. 'Nou zeg, ik kan wel merken dat ik met een schrijver te doen heb: zo'n opmerking kan je iedere filmster in de mond leggen. Goedkoop en waar. Kan dat samengaan? Ja? Goed, jij zegt het.' Gisela dronk van haar punch en even kon ik me voorstellen hoe ze als jong meisje geweest moest zijn: het nog niet geverfde edelgermaanse blonde haar half over haar gezicht en melkbekertje vallend, terwijl ze met volledige overgave dronk. Ik zag haar zittend op een weiland in de Harz, terwijl de koeien met bellen niet ver van haar rondscharrelden; de wolken hoopten zich op en een bezorgde moederstem riep: 'Gisela!' Of heette ze toen nog niet zo?

'Hoe moet ik me het leven van een revuegirl voorstellen?' vroeg ik haar.

'Kom nou! Je kent het leven toch ook wel een beetje!' Haar lach kreeg het snerpende geluid van een zaag.

'Verhalen ken ik, Gisela, dat wat in boeken staat. Gefantaseer van derderangsschrijvers. En die weten minder dan jij denkt.'

Gisela peinsde. Ze sloot even haar ogen, om te doorgronden of mijn opmerking oprecht was of niet.

'Wat weet ík? Mijn fantasie is nul komma zero. Ik heb de keuze tussen twee mogelijkheden: ik kan je een filmverhaal navertellen of feiten uit mijn eigen leven opdissen. De laatste zijn bepaald niet origineel.'

'Doe het toch maar', drong ik voorzichtig aan.

'Ik heb je alles al verteld. Opbloei en verdorring van een asfaltbloem. *Ik* kan ook literair worden. Nog twee uur praten met jou en het is zo ver. Nee, dat komt niet door die Schwedenpunsch, jonkie. Voordat je me het vraagt wil ik dát wel even vaststellen. Tenslotte' – Gisela maakte een aftastend gebaar met haar dooraderde rechterhand, waarvan de nagels spits in de lucht staken – 'wanneer ik mijn leven overzie, kom ik tot de slotsom dat ik heel wat meer meegemaakt moet hebben dan jij. Uitgesloofd heb ik me. Afgesloofd ben ik.' Ze keek me fel aan. 'Een revuegirl is een kopie. Laat dat je gezegd zijn. Wanneer we repeteerden kregen we steeds te horen: allemaal tegelijk. Op dezelfde maat. In hetzelfde glitterpakje. Met hetzelfde kapsel. Van de zestig benen moesten er tegelijk dertig in de lucht, op dezelfde hoogte. Het was een radicale cursus in het afzweren van je eigen ego. Eerst dacht je: vooruit, kop op. Niet onsportief zijn. Niet klagen. Niemand begint als ster. Eéns... ja, eens komt de dag waarop de regisseur je er uitpikt, het bijzondere aan je ontdekt. Of er zit een talent-scout in de zaal die je gebruiken wil voor een film. Naïef, grenzeloos naïef. Je reist door Europa, logeert in goedkope hotels, reist verder: Berlijn, München, Frankfurt, Zürich. De ster komt in de krant – jíj blijft anoniem. Twee van die zestig benen die een van die dertig houten koppen dragen, met daartussen een hongerig lijf.

Gisela, ein Eisenbahnmärchen. Zo noem ik mij zelf. – Jij vergeet ook altijd een dame vuur te geven. Bedankt. –En langzaam, let wel, ik zeg niet zonder het zelf te merken, langzaam stomp je af. Eerst word je bitter, je krijgt een pesthumeur, je voelt je verwaarloosd. Dan komt er iets als een lichte verdoving over je: het resultaat van een leven waarin je roofbouw pleegt op je energie, nee, niet zozeer je energie, het is meer je ziel. Mag ik dat woord hier gebruiken? Het klinkt jou als Hollander natuurlijk als walgelijk Duits in de oren, maar toch is dat de waarheid: al die showgirls om je heen hebben gezichten maar geen koppen, lichamen maar geen ziel. Wanneer je je dat realiseert word je slecht. Letterlijk en figuurlijk. Onwillekeurig saboteren je benen. Je verhuist van de eerste naar de tweede rij. Waar is je *pep* gebleven? vraagt iedereen in de show.' Gisela schudde langzaam en wereldwijs haar hoofd. 'Domme vraag. Kunnen die lui zelf niet denken? Wat ze willen is tempo, enthousiasme, vuur. Desnoods via peppillen. Die probeer je op aanraden van de girls ook nog een tijdje en het resultaat is dat je alsmaar miezeriger wordt. Deze strijd is te vergelijken met een vertraagd vertoonde reportage van een bokswedstrijd. Ik ben nog lang niet aan mijn knock-out toe' –Gisela's toon werd plotseling agressief– 'maar ik heb wel vaak in het canvas gebeten. –Twee Schwedenpunsch! Ja, als jij zo maf bent niets te bestellen, zal ik het maar doen.' Haar ogen zagen me geringschattend aan. 'Je vergeet me vuur te geven, je laat me met een leeg glas zitten–wat ben jij er eigenlijk voor eentje? Een dromer.' Gisela kleurde dit woord heel pathetisch bij.

'Doe niet zo walgelijk,' antwoordde ik. 'Bespaar mij je ouderwetse kitsch. Een dromer. Je zuster zal je bedoelen.'

Tegen mijn verwachting in zag Gisela me sympathiek aan. Ze nam een royale slok van die punch, waarop ze wel geabonneerd leek te zijn en streek zelfs over mijn haar.

'Je bent niet voor mij naar Hamburg gekomen,' merkte ze overdreven aanhalig op. 'Heb je hier een vriendinnetje zitten?'

'Kan je een geheim bewaren?'

Onverwachte interesse was Gisela's reactie. 'Natuurlijk.'

'Zweer je het?'

'Wat denk je dan, jongen. Jouw spel is mijn spel.'

'Dat zal je niet meevallen.'

'Waarom niet?' Verbaasde blik.

Ik haalde haar hoofd, waarvan het blonde haar nu verward zat, dichter naar mij toe. Gisela moest inderdaad mooi geweest zijn, vroeger, voordat de drank, de peppillen en de tijd hun werk deden.

'Ik ben een spion,' fluisterde ik.

Haar reactie was intelligent. Gisela lachte me niet uit, raakte niet geërgerd, maar speelde het spel mee.

'Nee toch!'

'Ja.'

'Als ik het niet gedacht had. Vanaf het eerste moment dat je in deze bar een voet zette dacht ik: een spion.'

'Ssst.'

'Natuurlijk. Neem me niet kwalijk. Hoewel: wij van Sankt Pauli zijn wel wat gewend. De hele wijk hier zit vol vreemde vogels.'

'Ik beschik over drie codenamen,' beweerde ik met grote zelfverzekerdheid. 'Drie.'

'Dat is niet mis. Raak je nooit eens in de war?'

'Nooit. Je zou het niet zeggen, maar ik ben zeker van mijn zaakje als...'

'Als de dichter en dromer die zich weer verstrikt in zijn fantasieën. Hindert niks hoor. Gisela kan er wel tegen. Niemand hier is normaal.'

'Ach Gisela, nou bederf je ons spel. Waarom?'

Ze lachte malicieus en dronk haar glas leeg.

'Je hebt op mijn eerste vraag nog steeds geen antwoord gegeven. Daarom. – Twee Schwedenpunsch! Van nu af aan bestel ík. – Jij Hollandse dweper bent naar Hamburg gekomen om iemand te interviewen. Klopt dat?'

'Ja.'

Gisela knikte nu superieur als de schooljuffrouw die een lastige leerling wel weer eens even in het gareel zal krijgen.

'Een politieke figuur?'

'Jullie politiek interesseert me niet meer,' ant-

132

woordde ik geringschattend.

'Wie moest jij zo nodig onder het mes nemen?' vroeg ze speels dreigend.

'Je weet het allang,' probeerde ik.

'Inderdaad,' zei Gisela. 'Hier in Hamburg is gedurende de maand april maar één doelwit voor journalisten. Alleen: ze komen allemaal van een kouwe kermis thuis.'

'O ja?'

'En of. Die oude tante laat zich niet vangen. Ze is dezelfde als in haar grote tijd. Een tijgerin. Kom haar niet te na. Plakboeken over haar heb ik bijgehouden. Zij was mijn jeugddidool, veel meer dan Garbo of Dietrich. Jarenlang heb ik haar als ster bewonderd. Zíj stond aan de top van de ladder, sleepte de hoogst denkbare gages in de wacht, had alles bereikt waarvan ik droomde. Alles.'

Even zagen Gisela's ogen spoken uit de showwereld van het verleden.

'Geef me nou toch vuur! – Weet je wat mij laatst gebeurd is? Ik loop 's nachts door Sankt Pauli, het was al over vieren, ik haastte me naar bed. Opeens zie ik een machtige Mercedes-Benz staan. De lampen halfgedoofd, twee portieren open. Zonder me te bedenken ging ik er op toe. Ik moest weten wie in die wagen zat.'

De toon waarop Gisela sprak werd geacteerd geheimzinnig; dit was niet de eerste of vijfde keer dat ze het Mercedes-verhaal vertelde.

'Langzaam loop ik op de auto toe. Een zwijgende chauffeur met martiale pet ziet me aan zonder een beweging te maken. "Er is toch geen ongeluk gebeurd?" vraag ik. De man schudde zijn hoofd ontkennend. Ik loer in de auto. Achterin ligt een vrouw, languit gestrekt in een bontjas. Ze sliep niet, ze bewoog niet. Ik kwam dichterbij. Ik zag een hand die schitterde van de ringen naar een fles grijpen. De vrouw zette de fles aan haar mond. Ze dronk. Onwaarschijnlijk snel. Plotseling kreeg ze mij in het vizier. Ik schrok. Ik had nooit verwacht nog eens zo dicht bij mijn favoriete ster te komen. Nog twee stappen en ik kon haar aanraken. Ik werd bang. Ik wilde al doorlopen maar de beroemde stem vroeg aan haar chauffeur: "Wie is dat?" De man maakte een onverschillig gebaar. "Niemand," antwoordde hij. "Domkop!" schreeuwde de ster, en "Kom hier jij!" naar mij. Ik stond vlak voor haar wagen. Ze maakte een uitnodigend gebaar naar haar treeplank. "Ga zitten." Ik gaf gevolg aan haar bevel, anders kan ik het niet noemen. "Drinken." Ik zette de fles aan mijn mond, zoals ik het haar enkele minuten daarvoor had zien doen. "Wij Zweden worden *nooit* dronken," vervolgde de Ufa-stem. "Dat komt door die vervloekte lange winters en die vervloekte kou van minstens drieëntwintig graden. Als meisje drink je je in slaap. Als oude vrouw lukt dat niet meer." Ze kwam uit de kussens van de achterbank overeind en hield haar gezicht dicht bij het mijne.

"Vind je mij oud?" vroeg ze dwingend. Ik sidderde van angst. Geen mens kon me helpen, kon me het goede antwoord influisteren. Ik dacht na. "U bent nog even betoverend als vroeger," zei ik – en dat was gedeeltelijk nog waar ook. Deze verworden oude nachtvlinder wás betoverend, had een griezeleffect. De diva reageerde met een hatelijke lach. "Dat zou ik ze thuis moeten vertellen. *Oma moet nog zo nodig op pad. Oma moet de blits maken in de matrozenkroegen.* Zo spreekt men in Zweden over mij, op dat statige, stinkvervelende en vervloekte landgoed Lönö." We dronken beurtelings uit haar fles cognac. "Jij bent geloof ik geen onaardig ding," zei de diva met haar onverminderde superieure allure. "Waar kom je vandaan?" Ik aarzelde. "Ik ben een boerenmeisje uit de Harz, dat zo nodig revuegirl worden moest," zei ik. Even was het stil in de wagen. Een hand drukte op mijn schouder. "Ik ben een boerenmeisje uit Värmland, dat zo nodig filmster worden moest," zei de diva spottend. "En?" vroeg ze "Heeft het je geluk gebracht?" Geluk, dacht ik, dat woord heb ik al in geen maanden meer gebruikt. "Alles behalve dat. Het werd een leven van ploeteren, je kapot werken, bedrogen worden en de Schone Schijn in Bittere Kaalheid zien veranderen." De vreemdste uitdrukkingen kwamen in mij op. "Bitter", antwoordde de diva. "Zeg dat wel. Eigenlijk wist je het al toen je jong was, ik bedoel dat die angst voor het leven gegrond was, en na een periode waarin men je aan het twijfelen had weten te brengen, werd het je duidelijk. Al wat rest is bitterheid. Een oud Zweeds spreekwoord voor oude mensen." Ik probeerde te protesteren. "U hebt alles bereikt!" De diva maakte een gelaten gebaar. "Alles? Waar is dat dan gebleven? Ik heb veel meer het gevoel dat ik gebruikt ben. Ik verwijt het niemand. Ik geloof dat de mensen elkaar wat domheid betreft naar de kroon steken." Ze nam de fles van mij over en dronk hem leeg. "Weet je wat de mooiste momenten waren in mijn leven?" De diva speelde met haar kostbare ringen. "Tederheden. Momenten van tederheid tussen twee mensen. Flitsen van geluk, die ik tederheden noem." Ik voelde haar hand nog één keer op mijn schouder. "Misschien is dit ogenblik er wel een afschaduwing van. Het hoeft niet eens liefde te zijn. Begrip: de momenten waarop je elkaar na bent zonder te kwetsen. Dat zijn mijn tederheden." Ze wenkte naar haar chauffeur. "Terug naar het hotel," sprak ze bijna toonloos. Was ze mij vergeten? De Mercedes-Benz reed langzaam en bijna geluidloos door Sankt Pauli. Weg uit mijn gezichtsveld. Weg uit mijn leven. Opeens voelde ik me dof, nutteloos. Ik heb gehuild als het kind dat ik geweest ben.'

Ik zweeg geruime tijd. Dit verhaal leek me niet verzonnen. Het beeld van de dronken, oude diva die 's nachts langs de Reeperbahn zwierf klopte. Ik zag dat Gisela ook nu tranen in haar ogen had.

'Wat kan ik voor je doen, Gisela,' vroeg ik, een arm om haar heen slaand.

Als een koppig kind weerde ze mij af. 'Ga naar huis. Je kan een vrouw niet eens vuur geven.'

'Wat kan ik voor je doen, Gisela,' herhaalde ik, haar naar mij toe trekkend.

Gisela's blik was onvergetelijk mooi en triest toen ze antwoordde: 'Tederheden.'

De volgende ronde Schwedenpunsch heb ík besteld.

Ballade van de liftboy

Het lijkt me een miserabel vak schrijver van je beroep te zijn en op regelmatige tijden iets neer te moeten pennen. Ieder mens heeft maar één leven en wanneer hij daarover het een en ander vertellen kan, vind ik het al mooi zat.

Ons hotel is geen gewoon hotel. Onze gasten zijn geen gewone gasten. Ik ben geen gewone liftboy. Daar heb je het al. Wat een begin. De bewoners van vijf continenten verwachten wonderwat wanneer je op zo'n toeter begint te blazen. Die jongen wil zijn verhaal machtig interessant maken, denken ze dan.

Of ik eenzaam ben? Wat dachten jullie: dat ik hier voor mijn lol met een schrift op mijn knie zit! Ik pak koffers aan, breng mensen van beneden naar boven – en weer terug. Ik krijg fooien, tik aan m'n petje, en denk er het mijne van. Waarvan? De gasten natuurlijk. Soms denk ik: wat een opgepoetste ijdeltuiten, dan weer: er is geen normaal mens bij, en het allerergste: er is geen *mens* bij. Op het eerste gezicht dan.

Wonderlijk hoe de mensen veranderen wanneer je met ze praat. Soms ga ik van ze houden, plotseling en hartstochtelijk. Volkomen geschift. Ik heb wel eens staan huilen in de armen van een vrouw van zeventig, vijf minuten nadat ik haar koffers op de kamer had neergezet. Dat zal wel komen door die rotjeugd van me. Ik heb mijn gevoelens nooit kwijt gekund. Niet aan mijn vader, mijn moeder of die drie maffe grieten in huis, die voor mijn zusters moeten doorgaan.

Een echte schrijver begint vaak met over zijn jeugd te vertellen. Nou, de mijne was een treurnis. Nauwelijks brood op de plank en veel geschreeuw. Om niet te spreken van de misverstanden. Heel mijn jeugd heb ik het gevoel gehad aan de voet van de ladder te staan en niet naar boven te kunnen. Niet dat ik zo'n klimmer ben. Geen streber en geen elle-boger. Dat laat ik allemaal aan anderen over.

Het is weerzinwekkend om te zeggen dat je als jongen altijd het goede wou. Om te kotsen; god wat braaf. En toch was het zo. Ik hielp Moe bij de afwas en Pa bij het figuurzagen. Gillende waanzin: een volwassen man die krampachtig uit dunne plankjes hout Sneeuwwitje en de zeven dwergen zit te maken, met zo'n miezerig piepend zaagje dat af en toe nog afbreekt ook. Geen gezicht.

Het zal wel door mijn vak komen, maar ik denk voortdurend aan mijn klantjes. Aan die inhalig belangstellende vrouw van kamer 412, die nu onmiddellijk zou vragen: maar Lenny (ze denkt me goed te kennen door me bij mijn voornaam te noemen), maar Lenny dus, had je dan helemaal geen contact met je Vader?

Ik kan wel grienen als de mensen zulke opmer-

kingen maken. Met mijn vuisten op de muren ge-
bonkt heb ik. Gesmeekt om begrip. Eerlijk. Niet
pathetisch, op mijn knieën of zo, maar toch duidelijk
voor de goede verstaander.

Moe duwde me een droogdoek in m'n poten en
Pa hield met trillende handen een stel Walt Disney-
misbaksels op: mooi hè? Soms liep er een beetje
speeksel uit een van zijn mondhoeken.

En dan die meiden, the Andrews Sisters noemde
ik ze. Van die echte hoerenpoezen, ze wilden alle
drie aan de revue of de film, minder niet, maar daar
had ik zo mijn eigen ideeën over. Wanneer we twintig jaar verder zijn—en nou neem ik het nog ruim—
zitten jullie alle drie achter een rood lichie in de
Katerstraat. Niet dat niesen soms geen toffe meiden
zijn. Van mij geen kwaad woord. Maar de bitsheid
van die Andrews Sisters, hun naar Pivert en hair-
spray ruikende hooghartigheid lag me niet. Op
zijn zachtst uitgedrukt. Het zal wel komen omdat
ik de jongste ben, thuis heeft niemand ooit maar de
minste moeite gedaan om me voor vol aan te zien.

Nou moet dit levensverhaal van me niet klagelijk
worden. Al was mijn jeugd om te janken, het bleef
niet zo. Kijk, ik probeerde me uit de dagelijkse
werkelijkheid los te scheuren, eerst door het zien
van cowboyfilms en dergelijk spul, en later door gesprekken met mensen. Dat klinkt een beetje VPRO-
achtig, alsof het heel diepspittende gesprekken waren, en daarover wil ik me zelf niet dik maken. Het

gekke is wel dat ik vaak praatte met mensen boven mijn stand – en hoe dat nou kwam, Joost mag het weten.

Heb ik al geschreven dat ik van mensen hou? Dat gelooft geen hond wanneer ze mijn gelikte smoel onder dat petje zien. Ja, dat woord heb ik heel goed opgevangen uit de mond van een grootindustrieel: wat een gelikt smoel heeft die jongen. Watervlug ben ik, en van buiten zal ik wel een geharde indruk maken. Ik kan toch niet als Mister Huilebalk door de hotelhal lopen?

Mijn loon is klein. Het is al mooi zat als je mee mag draaien in deze wereld van internationale luxe. Toen ik solliciteerde zei de personeelschef: 'Wat wij je betalen is de boterham, jongen, het beleg komt van de fooien.'

Verder gaf hij geen commentaar. Van de andere liftboys, ze hebben er hier drie, hoorde ik dat het beleg van mijn broodje vooral te maken heeft met de bereidheid op bepaalde tijden te gaan liggen. Laat ik daar nou al zo'n idee van gehad hebben, een regelmatige bioscoopbezoeker kent het leven: ik hoef het niet uit boekjes of van de kansel te horen.

Een gewaarschuwd man telt voor twee, dacht u? Vergeet het maar. De eerste keer was het een namaak Marilyn Monroe, maar dan wel aan de andere kant van de vijftig. En een smartlap van een meid.

Ik zette haar drie koffers in de lift en keek al intuïtief de andere kant uit. In zo'n kleine ruimte sta je toch zo dicht op elkaar, en laat geen hond denken dat ik overmatig behoefte heb aan lichamelijk contact met mij onbekende personen.

Mag ik eens wat over me zelf zeggen? Ik ben een eenkennige knaap. Daar hoort u van op, wat? Een dromer – en wie me nu uitlacht zal het slecht vergaan. In mijn vrije tijd luister ik wel eens naar van die klassieke vioolmuziek op de radio, en dan weet ik met me zelf geen raad. Ik zit daar op m'n zolderhokkie in dit waanzinnig grote Kurhaus, ga languit op mijn nest liggen en rook het ene saffie na het andere. Soms is het of ik alle pijn van de wereld in ene voel, dat is natuurlijk belachelijk, maar zo'n emotie is sterker dan je zelf.

Ik dwaal van mijn onderwerp af en dat is voor een schrijver heel onvakkundig. Terug naar die imitatie Marilyn, nou het *meisje* Marilyn (als in dat treurige liedje) kon je haar niet noemen... maar dat hulpeloze, dat had ze wel. Daarvoor ben ik ook gezwicht, al was de tegenstelling nog zo groot. Zij leek op een rijkeluishond, getrimd en van strikken voorzien, en ik was natuurlijk die ordinaire straathond.

Laten we bij de gewone handelingen beginnen. Ik zet de valiezen in haar kamer, open de balkondeuren, wijs haar de badkamer en de knoppen van het licht. Dat moet je altijd doen, want de intelligentste mensen maken soms nog een doodsmak in hun hotelkamer, omdat ze het licht niet kunnen vinden.

Ik geef haar de kamersleutel en zij drukt me een veelbetekenende fooi in m'n poten. Ik stond als een schooljongen naar dat biljet te kijken–daar wil ik eerlijk voor uitkomen.

Miss Marilyn keerde zich af naar het raam, ze schaamde zich duidelijk rot voor de hele situatie. Haar schouders waren mollig en de achterkant van haar hoofd deed inderdaad aan een meisje denken.

'Je geeft me te veel,' zei ik, want ik kon haar opeens tutoyeren. Dat was de meest onhandige opmerking die ik had kunnen maken, want ze keerde zich vrij kwaad naar me om.

'Te veel voor wat?' vroeg ze. 'Ik ben niet op geld, het moet rollen is mij altijd geleerd.' En ze lachte een heel zielig lachje, pieperig en de sleutel tot haar kleine, gebroken hart. Mijn stijl zal wel die van een keukenmeidenroman zijn, maar beter kan ik het niet uitdrukken.

'Ik ben moe,' zei ze, opeens heel eerlijk, en ze ging voor de spiegel staan en schudde haar haar los. 'Weet je dat reizen heel moe maakt?' Fel zag zij me aan. 'Van het ene Kurort naar het andere, de ene badplaats naar de volgende... En je beseft dat al dat heen en weer getrek absoluut geen zin heeft.'

Dat idiote biljet stak ik in m'n kontzak. 'Reizigers zijn soms heel eenzaam,' zei ik–het was de enige zin die me in wou vallen.

Ze ging op het bed zitten en stak een hand naar mij uit. 'Waarom kom je dan niet bij me?' vroeg ze.

God, ik was nog een groentje, toen ik naast haar zat durfde ik Miss Marilyn niet eens aan te kijken. Ik zag haar verdorde handen met de dure ringen doelloos op haar schoot liggen; ze was werkelijk erg triest. Wanneer mijn moeder er zo bij zat kon ik nooit iets doen, zo geremd ben ik van huis uit, en nu opeens zoende ik Miss Marilyn. Voor het eerst zag ik haar ogen, want ze sloot ze niet – dat had ik trouwens ook heel goedkoop gevonden. Die ogen deden me denken aan de vioolmuziek uit de radio op m'n dakkamertje – en weer wist ik met me zelf geen raad. Marilyn zuchtte en streek door mijn haar, want van alle consternatie was m'n petje op het kleed gevallen. Ze kleedde zich uit maar bleef ernstig kijken. Zo gaat dat dus, dacht ik. Ik wipte uit mijn bruine chasseurspakkie en lag in een mum van tijd naast haar. We bedreven de liefde. Zo heet dat toch in boeken? Ik kan niet zeggen dat ik veel voelde, wel vlogen de vreemdste gedachten door mij heen.

'Er komt oorlog,' prevelde zij, toen we het liefdesspel beëindigd hadden. 'Ik moet van dit continent verdwijnen. O nee, ik ben geen spionne, verzin nou niet een interessant verhaal over mij.' Ze zweeg geruime tijd. Ik stond daar onhandig en durfde niet de kamer uit te gaan. Zíj gaf het teken – zíj had toch immers ook betaald?

Natuurlijk bleef ik geen groentje, ik leerde levensverhalen aan te horen en ze te verzinnen. Dat was

144

mij wel toevertrouwd. Je kan beweren: ik ben pas laat van mensen gaan houden, uit nieuwsgierigheid eerst, en dat kon je nog nauwelijks liefde noemen –later, omdat ik met de mensen te maken heb, bij hoog en bij laag. En de echtste verhalen kwamen in bed, en ook de wanhoop, de drang de klok terug te zetten, ja en ook die humor van een acrobaat die weet dat hij zonder net werkt.

Namen heb ik geleerd bij de vleet. Ik pikte heel snel op, en toen ik die namen geleerd had begon ik ze weer aan bepaalde types te geven. Ouderwets maar nog altijd aandoenlijk vind ik *de Vamp*. Ik schrijf niet toevallig: aandoenlijk. Wanneer die be-geerlijke vrouwen in bloei staan, beroemd zijn en gevierd, dan hebben ze míj niet nodig. In hun glo-rietijd worden ze omringd door gelikte binken, zo van die jongens die om de klapscheet royale boeket-ten sturen, bonbons en soms wel juwelen. Er wordt wat afgevoosd op die kamers. Nee, dan word ik hooguit betiteld met *jochie* door zo'n dame, ik word snel haar kamer uitgewerkt met een tip en krijg net even de kans een blik te werpen in haar halfopen-vallende peignoir bij voorbeeld. Je bent dan een stuk huisraad, en je moet het spel van de Grote Lief-de met de een of andere zich breed makende Vet-kuif vooral niet doorkruisen.

Ik schreef toch aandoenlijk? Nou, dat worden die dames wanneer dat hevige klokkeluien voorbij is, hun klandizie drastisch vermindert en de boeketten door hen zelf bij een straatventer gekocht worden. Dan breekt mijn tijd aan. Het Uur Lenny.

Luisteren kan ik als geen ander. Ik heb eens een dame intiem gekend, die was een héél beroemde Soubrette geweest, stapels foto's had dat mens – ze waren wel knap vergeeld. Dat was ze zelf ook. Ze vroeg me buiten mijn diensturen met haar te komen praten. Waarom niet? Tenslotte vertegenwoordigde zij toch een stukje van de Grote Wereld en ik kom maar uit een achterbuurt.

Ze vertelde van applaus dat minuten lang duurde, en hoe haar publiek was in Brussel, Wenen en Parijs. Soms zong ze een van haar Schlagers, man, je hart brak ervan: die stem die heen en weer fladderde als een mug, die maffe gebaren en dat ouwerwetse gelonk waarmee ze vroeger de mannen hun hoofd op hol had gebracht.

Haar hele handel was nu voor mij alleen. Wat doe je in zo'n geval? Aanpakken natuurlijk. Hulde brengen aan de Verlepte Soubrette.

Had ik het in het begin van mijn opschrijfboekje niet over bijverdienen? Daarvoor kies ik speciale gasten uit, en tot de meest lucratieve behoort wel De Amerikaanse Officier. Zo'n man maakt een joyeuze entree, dikke sigaar in z'n ponem, strooit met geld, lacht te luid en heeft te veel koffers. Hij wil zwemmen, golfen, pingpongen en eruitzien als dertig terwijl hij zestig is.

Het kamermeisje Mies en ik moeten samen uitvinden waar hij op tippelt. Soms heeft Mies een gouden week als Miss America: ze kan kerels reuze goed verwennen, ze weet van de hoed en de rand. Dromerig spreekt ze zo'n periode over Connecticut, Frank Sinatra, de Niagara-watervallen en hoe heerlijk het is barbecuefeestjes in de open zomerlucht te houden in Gods Own Country.

Gek, hoe snel die meiden zich laten meeslepen. Wanneer ze het drie dagen houden met een Yankee zien ze zich al uitgenodigd op een tuinfeest in het Witte Huis. Ik mag dat wel, eerlijk, een hotel als het onze heeft iets van een Droomfabriek. Wij hoeven niet naar de film, de film komt naar ons.

Wanneer zo'n Yank voor de verandering in plaats van moeder de vrouw eens een knul wil, ben ik aan de beurt. Daar draai ik m'n hand niet meer voor om. Bij mijn debuut dacht ik: wat krijgen we nou? Geen hond moet denken dat ik het gewoon vond: ik had als jongen in de kroegen wel over ruigpoten horen praten, had er ook een stelletje ontmoet, en die waren helemaal niet vervelend of lastig. Ze smoesden op een linke manier, het leken wel conférenciers uit de Scala, ik moest nogal om ze lachen. Natuurlijk visten die poten wel naar me – maar ik verzon een verhaal over het voorbereiden van een kraak die ik, samen met een maat, die nacht moest zetten – en daar hadden ze machtig respect voor. Ik heb het toch al gezegd: ik ben aardig tegen de mensen die mij sympathiek tegemoetkomen, en zo ging het ook met die Yank.

Hij ging recht op z'n doel af, het was wel een staaltje van mannelijk overwicht. Krankzinnig, even voelde ik me weer maagd, en dat was g.v.d. geen aanstellerij! Ik had niet de leiding, zoals vroeger bij die meiden op school of later bij m'n hotelmuurbloempjes. Niet dat ik zozeer gedwongen werd; die Yank deed me denken aan een sportleraar die zijn instructies geeft. Het viel me op dat hij niet sentimenteel was, maar eerder geinig; hij kreeg nooit een kater na het neuken, en eigenlijk hebben we die tien dagen van zijn verblijf heel wat afgelachen. Mies en de andere kamermeisjes van de derde etage noemden mij het Yankee Bruidje en ze knipoogden naar elkaar. Niks dan nijd, míjn broekzakken stonden stijf van de tips, om het zo maar eens te zeggen; mannen zijn royaler dan vrouwen.

Toch gaat het mij in dit leven nooit om geld alleen. Ik heb zeer nauwe relaties gehad met een afgedankt revuenummer Petra, de Sprekende Pop. Een zolderkamertje was alles wat ze betalen kon, en voer sleepte ze stiekem in een strandtas mee naar boven. Vaak stond ze 's avonds voor haar open raam naar de zee te kijken, dromerig en gretig tegelijk. 'Dat is het enige waar ik nog naar verlang,' zei ze dan. 'Een oneindige tinteling van rooie zonsondergang op een eindeloos golvende watermassa.' Ze begon daarna vaak een liedje te neuriën: 'Requiem voor een verdronken meisje'. Daar kon ik helemaal niet tegen.

Stel je voor wat een leven: eerst jaren en jaren de hort op met een minder dan middelmatig revuenummer – en dan je zelf verzuipen, onder water heen en weer deinen en langzaam verrotten met algen in je haar.

Hoe moest ik haar troosten? Ik ben ook maar een simpele goser, maar smokkelen kan ik als de beste. Na het diner bracht ik Petra de beste keukenresten, en die aten we dan samen op. Omdat we een kamer op dezelfde etage hadden kon ik de hele nacht bij haar blijven, en dat had ze bitter nodig ook. Niet om de lichamelijke liefde zozeer, ze was niet zo geil – nee, met Petra waren vreemde dingen aan de hand. Doodsangst en doodsverlangen, zoveel heb ik er wel van begrepen. Als iemand zijn best gedaan heeft om haar daar van af te brengen ben ik het wel. 'Ik heb 't wel bekeken,' zei ze. 'De zon in mijn hart is allang ondergegaan. Als ik er niet meer zal zijn, Lenny, moet je niet van me denken dat ik gevlucht ben. Vertrokken is het woord, vertrokken met onbekende bestemming.' Ze zag me dan onvergetelijk teder aan en kon zelfs om haar eigen woorden lachen. 'Pathetisch klinkt dat, erger dan de tekst uit een tweederangsfilm.' Ze streek me dan over mijn haar en ik dacht: ze spéélt het, ze komt klaar op die dramatiek.

Ze speelde het niet. Op een avond kwam ze niet terug van haar strandwandeling. Niemand miste haar behalve ik. Het werd later en later. Wat moest ik doen? Ik alarmeerde Mies en Bobby, die me eerst voor stapelgek verklaarden. 'Jij bent een fantast!' zeiden ze. 'Allemaal drukte om niets.' Ik wist wel beter. Terwijl onze hotelgasten zich vol zaten te vreten, ondernam Petra de Sprekende Pop de reis naar het land waarvan niemand ooit terugkeert. Hoe noemde zij dat zelf? Vertrokken met onbekende bestemming.

Dacht je dat er een hond een traan om haar gelaten heeft? Haar lichaam is aangespoeld op het strand; ík heb het nog moeten identificeren. Haar schamele spulletjes zijn eerst naar het politiebureau gebracht, en toen er niemand om kwam, naar het Leger des Heils. Of verbrand wanneer de voorwerpen te wonderlijk waren. Met een pruik, maskers en houten poppeledematen weten die Strijdkreet-makkers geen raad. Haar mascotte mocht ik houden. Als aandenken en dank voor mijn medewerking aan de politie.

Het is een teddybeertje. Kaal en met bruine oogjes. Terwijl ik dit schrijf kijkt het me aan. Nou begin ik nog te janken ook. Ik ben waarschijnlijk niet goed snik. Of iemand dat wél is?

Ik durf er mijn hand niet voor in het vuur te steken.

Het lijkt me een miserabel vak schrijver van je beroep te zijn. Je beleeft alles opnieuw wanneer je het opschrijft. Waarom wil ik dat ook?

Ik zei het al: ons hotel is geen gewoon hotel. Onze gasten zijn geen gewone gasten. Ik ben geen gewone liftboy.

Wat een einde voor mijn verhaal. Ik geef de mensen geen ongelijk wanneer ze mij uitlachen. O nee. Het zal me een zorg zijn. Of ik eenzaam ben? Wat dachten jullie: dat ik hier voor mijn lol met een schrift op mijn knie zit!

Aan de houten wand van mijn dakkamertje hangt een gedicht. Dat is ook niet normaal. Ik vond het afgedrukt in een krant bij het herdenkingsartikel over een jong gestorven dichter.

Waarom ik nou juist dát artikel uitgeknipt heb? Ik vond zijn levensgeschiedenis zo wonderlijk. Die knul woonde niet ver hier vandaan, in Wassenaar, fietste vaak door de duinen (wat ik ook graag doe) en is op zesentwintigjarige leeftijd overleden aan leukemie. Zo staat dat in de krant. Hij was geen liftboy. Toch heeft ie geschreven:

er is een lift in mij vol mensen
die langzaam van boven naar beneden gaat,
vol levens, vol herinneringen
een zware lift vol ellende en plezier.